D1985527

C. Plinius Secundus

Briefe

Leben und Kultur
der frühen römischen Kaiserzeit

Textauswahl und Erläuterungen
von Dr. Heribert Philips

Schöningh Verlag

Veränderter Nachdruck 1986

© 1986 Ferdinand Schöningh, Paderborn

© ab 2004 Bildungshaus Schulbuchverlage
Westermann Schroedel Diesterweg Schöningh Winklers GmbH
Braunschweig, Paderborn, Darmstadt

www.schoeningh-schulbuch.de
Schöningh Verlag, Jühenplatz 1–3, 33098 Paderborn

Das Werk und seine Teile sind urheberrechtlich geschützt.
Jede Nutzung in anderen als den gesetzlich zugelassenen Fällen bedarf der vorherigen schriftlichen Einwilligung des Verlages.
Hinweis zu § 52a UrhG: Weder das Werk noch seine Teile dürfen ohne eine solche Einwilligung gescannt und in ein Netzwerk gestellt werden.
Das gilt auch für Intranets von Schulen und sonstigen Bildungseinrichtungen.

Auf verschiedenen Seiten dieses Buches befinden sich Verweise (Links) auf Internet-Adressen. Haftungshinweis: Trotz sorgfältiger inhaltlicher Kontrolle wird die Haftung für die Inhalte der externen Seiten ausgeschlossen. Für den Inhalt dieser externen Seiten sind ausschließlich deren Betreiber verantwortlich. Sollten Sie dabei auf kostenpflichtige, illegale oder anstößige Inhalte treffen, so bedauern wir dies ausdrücklich und bitten Sie, uns umgehend per E-Mail davon in Kenntnis zu setzen, damit beim Nachdruck der Verweis gelöscht wird.

Druck 18 17 16 / Jahr 2012 11 10
Die letzte Zahl bezeichnet das Jahr dieses Druckes.

Druck und Bindung: AZ Druck und Datentechnik GmbH/Kempten (Allgäu)

ISBN 978-3-14-010711-2

Inhaltsübersicht

Vorwort

Die vorliegende Pliniusausgabe tritt an die Stelle des schon seit längerer Zeit vergriffenen Leseheftes von Prof. Theodor Nissen. Um den veränderten Anforderungen des Lateinunterrichts in der Sekundarstufe II, der ja vorwiegend thematisch aufgebaut ist, gerecht zu werden, wurde die Auswahl unter ein Gesamtthema gestellt.

Das Thema „Leben und Kultur der frühen römischen Kaiserzeit", das in den Curriculumvorschlägen verschiedener Bundesländer genannt wird, gibt einen guten Rahmen für eine thematisch-orientierte Pliniuslektüre. Die Vorschläge, die J. Erb in einem 1972 erschienenen Aufsatz (Anregung 18, 78–84) gemacht hat, waren mir bei der Zusammenstellung der Themenkreise eine wertvolle Hilfe.

Das hier gewählte Thema eignet sich in gleicher Weise für die unterrichtliche Behandlung in Grund- und Leistungskursen. Bei den einzelnen Unterthemen muß der Lehrer auswählen, welche Briefe er ausführlicher und welche er nur kursorisch behandeln möchte. Seine Entscheidung wird nicht nur von der ihm zur Verfügung stehenden Stundenzahl abhängen, sondern auch davon, wie er jeweils die Akzente setzen möchte.

Diese Textausgabe kann auch für jede andere Pliniuslektüre (z.B. genusbezogene Lektüre) benutzt werden, da das Leseheft in Umfang und Auswahl der Briefe einen repräsentativen Querschnitt der plinianischen Briefsammlung darstellen dürfte.

Die Erläuterungen sind mit Rücksicht auf die heutige Situation des Lateinunterrichtes bewußt reichlich gehalten; dabei habe ich auch versucht, den unterschiedlichen inhaltlichen und sprachlichen Schwierigkeitsgrad der einzelnen Briefe zu berücksichtigen.

Die Parallel-/Kontraststellen bieten den Schülern die Möglichkeit, durch vergleichende Betrachtung die Interpretation zu bereichern und zu einer kritischen Stellungnahme zu gelangen. Dabei können die Berücksichtigung der Abfassungszeit der jeweiligen Texte und der Literaturgattung weitere Anregungen für die Interpretation bieten.

In der Sekundarstufe II steht nicht mehr der Unterrichtsstoff im Mittelpunkt des Lehrplanes, sondern die Frage: „Wozu soll etwas gelernt werden?" Der Vorrang der Lernziele vor den Lernstoffen

erklärt sich aus dem Bemühen, die Überfülle des Stoffes zu beschränken.
Grundlegende Bemerkungen zu den Lernzielen im curricularen Bereich finden sich in den „Materialien zur Curriculum-Entwicklung im Fach Latein" (Ausschuß für didaktische Fragen im Altphilologen-Verband 1971) und in dem Band „Kollegstufenarbeit in den Alten Sprachen" (herausgegeben von K. Bayer und K. Westphalen, München 1971).
Die unter dem Thema „Leben und Kultur der frühen römischen Kaiserzeit" angestrebten Lernziele gehören in erster Linie in die Lernzielbereiche „Sprache/Literatur" und „Gesellschaft, Staat, Geschichte".
Im Bereich der Sprache soll die Fähigkeit weiter ausgebildet werden, neue Texte inhaltlich zu erfassen, angemessen zu übersetzen und zu interpretieren. Durch die Einsicht in die stilistischen und sprachlichen Eigenarten des Plinius soll den Schülern der Unterschied des Plinius (als eines nachklassischen Autors) zu den (bisher gelesenen) Schriftstellern der klassischen Zeit bewußt werden.
Schließlich sollen die Schüler den Brief als literarisches Genus kennenlernen und mit den spezifischen Merkmalen dieser Literaturgattung vertraut werden.
Das private und gesellschaftliche Leben der frühen römischen Kaiserzeit, das im ersten Unterthema Gegenstand der Untersuchung sein soll, gehört dem Lernzielbereich „Gesellschaft, Staat, Geschichte" an. Hier gilt es, die Leitvorstellungen, nach denen die Gesellschaft und der einzelne das Leben gestalten, aufzuzeigen und die für die Zeit des Plinius typischen Verhaltensweisen und Einstellungen der Gesellschaft deutlich zu machen und kritisch zu werten.
In einer Zeit, in der die große Politik der Vergangenheit angehört, treten Fragen der Bildung, Erziehung und Literatur in den Mittelpunkt des Interesses (Unterthema II). Die Äußerungen des Plinius zur Geschichtsschreibung (5,8) und seine Charakteristik des stoischen Philosophen Euphrates (1,10) machen seine Auffassung zu verschiedenen Problemen der Literatur und Bildung deutlich.
Das Unterthema III (Plinius als Anwalt in berühmten Prozessen seiner Zeit) soll den Schülern eine Vorstellung vom römischen Rechtswesen geben, indem es einen Einblick in bedeutende Prozesse der Kaiserzeit vermittelt. Das Verhalten des Statthalters Marius Priscus kann als typisch gelten für die Amtsführung vieler römischer Statthalter in den römischen Provinzen. Plinius' Auftreten als Redner und

Anwalt gibt Aufschlüsse über die rednerische Tätigkeit in der frühen römischen Kaiserzeit.
Im Mittelpunkt des nächsten Themas (Unterthema IV : Der Ausbruch des Vesuvs und der Tod des älteren Plinius) steht die Darstellung der Verhaltensweisen verschiedener Menschen in Situationen äußerster Gefährdung.Der heldenhafte Einsatz des älteren Plinius wird dabei vom Autor besonders hervorgehoben. Aber auch manche Bemerkungen, die der jüngere Plinius über sein eigenes Verhalten während des Vesuvausbruches macht, dienen der Selbstdarstellung und vervollständigen das Bild vom Menschen Plinius.
Eine Vorstellung von dem Tätigkeitsbereich eines römischen Statthalters zu vermitteln, ist die Aufgabe des letzten Themas (Unterthema V). Innerhalb dieses Themas bilden die beiden Briefe 10,96 und 10,97 wegen ihrer religionsgeschichtlichen Bedeutung einen Höhepunkt. Sie zeigen die Christen in ihrer Stellung zur Gesellschaft und Staatsreligion, berichten von der Auseinandersetzung von Christentum und römischem Staat und dem Konflikt zwischen staatlichem Anspruch und der Überzeugung des einzelnen.
Der Gestaltung des Textes liegt die Ausgabe von R.A.B. Mynors (Oxford 1968) zugrunde.

Bottrop, im August 1974
Dr. Heribert Philips

Verzeichnis der benutzten Literatur

I. Textausgaben:

C. Plini Caecili Secundi epistularum libri decem ed. R.A.B. Mynors, Oxford 1968

Plinius Minor, ed. M. Schuster – R. Hanslik, Leipzig 1958[3]

II. Kommentierte Ausgaben und Kommentare:

Döring, M.: Plinius' Briefe mit berichtigtem Text erläutert, Freiberg 1843

Pline le Jeune, Lettres. Texte établi et traduit par A.M. Guillemin, Paris 1953[3]

Briefe des Jüngeren Plinius, erl. von R.C. Kukula, Wien 1916[4]

Schmeken, H.: Orbis Romanus, Erläuterungen. Paderborn 1971, 250 ff.

Sherwin-White, A.N.: The letters of Pliny, a historical and social commentary, Oxford 1966 (= Sh.-Wh.)

III. Übersetzungen:

Gaius Plinius Caecilius Secundus, Briefe. Lateinisch und deutsch ed. Helmut Kasten, München 1968 (Tusculum B.)

Plinius der Jüngere, Sämtliche Briefe. Eingeleitet, übersetzt und erläutert von André Lambert, Zürich 1969

Plinius, Epistulae. Lat/Dt. Buch 1–9 Übers. u. hrg. von Heribert Philips. Stuttgart 1987 ff. (Reclams Universalbibliothek 6979 ff.)

Das 10. Buch der Briefe. Lat./Dt. Übers. u. hrsg. von Marion Giebel. Stuttgart 1985 (Reclams Universalbibliothek 6988).

IV. Sekundärliteratur:

Bleicken, J.: Senatsgericht und Kaisergericht, Göttingen 1962

Bütler, H.-P.: Die geistige Welt des jüngeren Plinius. Studien zur Thematik seiner Briefe, Heidelberg 1970

Faltner, M.: Ideale römischer Provinzverwaltung nach Cicero und Plinius dem Jüngeren, Diss. München 1956

Freudenberger, R.: Das Verhalten der römischen Behörden gegen die Christen. Dargestellt am Brief des Plinius an Trajan und den Rescripten Trajans und Hadrians, München 1967

Graf, H.: Das Kompositionsprinzip in den Briefen des jüngeren Plinius, Diss. Wien 1940

Grenzheuser, B.: Kaiser und Senat in der Zeit von Nero bis Nerva, Diss. Münster 1964

Höft, E.: Crimen repetundarum, Diss. Tübingen 1950
Hofacker, C.: De clausulis C. Caecili Plini Secundi, Diss. Bonn 1903
Hofmann, J.B.: Lateinische Syntax und Stilistik, neu bearb. von A. Szantyr, München 1965 (= H.-Sz.)
Klein, R. (Herausg.): Das frühe Christentum im römischen Staat, Darmstadt 1971 (WBG)
Kühner, R. – Stegmann, C.: Ausführliche Grammatik der lateinischen Sprache. Satzlehre Teil 1 und 2, 4. Aufl., durchgesehen von A. Thierfelder; Teil 1, Darmstadt 1962 (= 3. Aufl., Hannover 1955), Teil 2, München 1962 (= 3. Aufl., Hannover 1955) (= K.-St.)
Lausberg, H.: Handbuch der literarischen Rhetorik, München 1960
Lillge, F.: Die literarische Form der Briefe Plinius des J. über den Ausbruch des Vesuvs, Sokrates 6, 1918, 209–234; 273–297
Merwald, G.: Die Buchkomposition des jüngeren Plinius, Diss. Erlangen 1964
Maiuri, A.: Pompeji, Herculaneum, Stabiae, München 1962
Neuhauser, W.: Patronus und Orator, Innsbruck 1958
Pompeji. Leben und Kunst in den Vesuvstädten. Recklinghausen 1973 (Katalog der Pompejiausstellung in Essen)
Peter, H.: Der Brief in der römischen Literatur, Leipzig 1901
Pflips, H.: Ciceronachahmung und Ciceroferne des jüngeren Plinius. Ein Kommentar zu den Briefen des Plinius über Repetundenprozesse (epist. 2,11; 2,12; 3,9; 4,9; 5,20; 6,13; 7,6). Diss. Münster 1973
Philips, H.: C. Caecili Secundi Epistulae (in Auswahl). Mit einer Einführung, textkritischem Apparat und Kommentar, Paderborn (Schöningh/UTB)/München/Wien/Zürich 1986
Philips, H.: Zeitkritik bei Plinius dem Jüngeren. Interpretation zu epist. 2,6. In: Die Anregung 1976 (6), S. 363–370
Philips, H.: Ein lesenswerter Brief. Interpretation von Plin. epist. VII 26. In: Anr. 30,3 (1984), 184 ff.
Rüdiger, H.: Briefe des Altertums, Zürich 1965
Stout, S.E.: Scribe and Critic at work in Pliny's Letters, Bloomington 1954
Schuster, M.: Plinius der Jüngere, RE XXI (1951), 439 ff.
Wilsing, N.: Praxis des Lateinunterrichtes, Stuttgart 1957, Bd. II, 101 f.
Wlosok, A.: Rom und die Christen. Zur Auseinandersetzung zwischen Christentum und römischem Staat, Stuttgart 1970

Plinius' Leben und Werk

C. Plinius Caecilius Secundus wurde im Jahre 61 oder 62 – während der Regierungszeit Kaiser Neros – in Novum Comum in Oberitalien geboren. Da sein Vater früh starb, zog er mit seiner Mutter nach Rom, wo er im Hause seines Onkels, des älteren Plinius, aufwuchs. Dieser adoptierte ihn testamentarisch und ließ ihm eine sorgfältige Erziehung geben. Von seinen Lehrern in Rom verdienen vor allem Nicetes Sacerdos und Quintilian, der berühmte Professor der Rhetorik und Verfasser der institutio oratoria, besondere Erwähnung.
Mit großer Bewunderung und Verehrung spricht er auch von seinem Onkel, dem Verfasser der 37 bändigen Naturalis historia, dem er epist. 3,5; 6,16 und 6,20 ein literarisches Denkmal setzt. Nach dem Tode seines Onkels, der bei dem Vesuvausbruch des Jahres 79 ums Leben kam, erbte er dessen Vermögen, das ihm ein in finanzieller Hinsicht sorgenfreies Leben ermöglichte.
Über die öffentliche Laufbahn des jüngeren Plinius sind wir durch seine Briefe und durch mehrere Inschriften aus seiner Heimatstadt informiert.
So trat er schon im Alter von 19 Jahren als Anwalt vor dem Centumviralgericht auf (5,8,8). Im Jahre 81 ging er als Militärtribun nach Syrien, wo er die bedeutenden Redelehrer und stoischen Philosophen Euphrates und Artemidoros hörte (1,10; 3,11). Etwa im Jahre 88 – unter Domitian – wurde er quaestor imperatoris und dadurch Mitglied des Senates. Es folgte 91/92 das Volkstribunat, 94 die Prätur, 95/96 die praefectura aerarii militaris, die Verwaltung der Veteranenkasse. Ende 97 übernahm er als besondere Vertrauensstellung die praefectura aerarii Saturni, die Verwaltung der Staatskasse, die sich im Saturntempel befand. Die Krönung seiner politischen Laufbahn war das Konsulat im Jahre 100. Die Lobrede (Panegyrikus), die er als Konsul auf Kaiser Trajan hielt, gab er später in überarbeiteter Form heraus. Sie ist als einzige seiner Reden erhalten. Seine Ernennung zum Augur erfolgte im Jahre 103. 105 vertraute man ihm das Amt eines curator alvei Tiberis et riparum et cloacarum urbis (Aufsicht über das Tiberbett, seine Ufer und die Abwässer der Stadt) an. Zum Abschluß seiner erfolgreichen Ämterlaufbahn schickte ihn Kaiser Trajan im Jahre 111 (dieses Datum ist umstritten) als außerordentlichen Statthalter (legatus pro praetore consulari potestate) in die Provinz Bithynien-Pontus. Mit Sondervollmachten des Kaisers ausgestattet, hatte er die Aufgabe, Mißstän-

de zu beseitigen und besonders Unregelmäßigkeiten in der Finanzverwaltung der Städte aufzudecken. Aus dieser Zeit (111–113) stammt der Briefwechsel mit Trajan, der als 10. Buch der Briefsammlung überliefert ist.Man nimmt an, daß Plinius während seiner Amtszeit in Bithynien starb; der Zeitpunkt seines Todes jedoch ist nicht sicher.

Wegen der großzügigen Schenkungen (4,13; 5,7,3), die er zu Lebzeiten und in seinem Testament seiner Heimatstadt Comum gemacht hatte, ehrten ihn die dankbaren Mitbürger mit einer Inschrift (C I L V 5262). Von den Werken des jüngeren Plinius sind die Gedichte und Epigramme im großen und ganzen nicht mehr erhalten. Auch die Reden, die er in bedeutenden Zivil- und Kriminalprozessen gehalten hat, sind verlorengegangen. Diese Reden hat Plinius nach seinen Worten sorgfältig überarbeitet, vor seinen Freunden rezitiert und später herausgegeben. Die zahlreichen Bemerkungen, die Plinius zu sich selbst als Redner macht, sollen dem Leser ein umfassendes Bild von der Bedeutung dieser Reden vermitteln,durch die er in besonderem Maße literarischen Ruhm zu erwerben hoffte. Die einzige noch erhaltene Rede ist der schon genannte Panegyrikus, eine Dankrede auf Trajan für die Übertragung des Konsulates. Wenn Plinius auch das Lob des Kaisers in überschwenglicher Weise äußert, so ist diese Schrift doch eine wichtige Quelle für unser Bild von der Persönlichkeit Trajans und der Geschichte dieser Zeit.

Den Ruhm des jüngeren Plinius hat jedoch seine 10 Bücher umfassende Briefsammlung begründet. Sie vermittelt dem Leser eine anschauliche Vorstellung von dem politischen, literarischen und kulturellen Leben der flavisch-trajanischen Zeit.

Von den Briefen Ciceros unterscheiden sich die plinianischen Briefe ebenso grundlegend wie von den epistulae morales Senecas.
Bei den Cicerobriefen handelt es sich durchweg um spontane Äußerungen seiner Gedanken, Stimmungen und Gefühle (Ausnahme z.B. ad Quint. fr. 1,1), die nicht für ein größeres Publikum gedacht waren.

Die epistulae morales des Philosophen Seneca sind fiktive Briefe – die Nennung des Adressaten Lucilius ist nur als Widmung aufzufassen –, die man als philosophische Abhandlungen in Briefform bezeichnen könnte. Sie sind gerichtet an die römische Jugend, die Seneca zur rechten Lebensweise und zur sittlichen Vervollkommnung anleiten will.

Bei den Briefen des jüngeren Plinius handelt es sich um wirkliche Briefe, d.h. um wirklich abgesandte Briefe, die im Hinblick auf eine spätere Veröffentlichung eine sorgfältige Ausarbeitung erfahren haben. Verschiedene Spuren einer späteren Überarbeitung werden an einzelnen Briefen hier und da sichtbar.
Die Empfänger der Briefe sind Freunde und Landsleute des Plinius, die seine politischen und literarischen Interessen teilen. Von den insgesamt 105 Adressaten, an die Plinius 247 Briefe (Buch 1–9) richtet, sind Tacitus (11 Briefe), Quintilian und Sueton die bekanntesten.
Bei der Anordnung der Briefe ließ Plinius sich von dem Prinzip der variatio leiten. Vor allem die Rücksicht auf den Leser veranlaßte ihn, thematisch zusammengehörige Briefe im allgemeinen voneinander zu trennen (Ausnahme z.B. 2,11/2,12) und kürzere mit längeren abwechseln zu lassen. Die Herausgabe der Sammlung (Buch 1–9), die zwischen 96 und 109 entstand, erfolgte in Briefgruppen und wurde vom Autor selbst vorgenommen. Eine Sonderstellung nimmt Buch 10 ein. Es enthält (ab Brief 15) Briefe des Statthalters Plinius an Trajan und vom Kaiser verfaßte Antwortschreiben. Sie zeigen Plinius als gewissenhaften, manchmal unentschlossenen und ängstlichen Beamten in der Provinz Bithynien, der nicht selten in unwichtigen Dingen Trajan konsultiert. Die Antworten des Kaisers sind kurz und klar und enthalten Anerkennung, manchmal auch versteckten Tadel für seinen Vertrauten Plinius. Die Briefe des 10. Buches waren nicht für eine Publikation vorgesehen, wurden aber nach dem Tode des Plinius ediert.
Ein wichtiges konstitutives Merkmal der plinianischen Briefe ist die Beschränkung auf ein Thema innerhalb eines Briefes. So erreicht Plinius die Klarheit und Kürze, um die er sich besonders bemüht. Jeder Brief ist mit großer Sorgfalt zu einem rhetorischen Kunstwerk gestaltet. Hat Plinius einmal die übliche Länge eines Briefes überschritten, läßt er gewöhnlich eine Entschuldigung folgen, wobei er als Begründung u.a. das umfangreiche Thema oder das Interesse des Adressaten angibt.

Die Sprache des Plinius

Obwohl die Nähe des Plinius zu seinem Vorbild Cicero (1,2,4;1,5,12;4,8,5;7,4,6;9,2,1) fast überall zu spüren ist, erweist er sich doch in vielen sprachlichen Elementen als Schriftsteller seiner Zeit. Er

gebraucht *poetische Wörter und Wendungen,* die aus der augusteischen Dichtung (Vergil, Horaz, Ovid) in die Sprache der kaiserzeitlichen Prosa eingedrungen sind. So z. B.:
carpere=vituperare: 1,9,5; 8,22,4.
vela ventis implēre: 2,11,3.
mortalis(Subst.): 2,11,10.
exire in tertium diem: 2,11,18
super=de: 2,11,11;
onerosus: 2,11,13.
actionem scindere: 2,11,16.
actionem vespera inclusit: 2,11,18.
poenam pati: 2,11,20.
quamlibet: 2,14,6; 3,4,6; 5,8,1.
latissime victor: 3,5,4.
actionem resumere: 4, 13, 2
meatus animae: 6,16,13.
tremor terrae: 6,20,3.
defunctus=mortuus: 6,16,20.
iactans: 9,23,6.
natalis(Subst.): 10,17 A,1; 10,88.
desolatus: 10,96,9.
Plinius bemüht sich um eine gewählte Diktion. Daher verwendet er Wörter und Ausdrücke, die sich bei Cicero selten, manchmal nur einmal finden. So z. B.: cognitio (2,11,4); vespera (2,11,18); dictare (2,11,22); ministerium (2,11,23); diversae sententiae (2,12,2); aequalitas (2,12,5).
Der Anwendungsbereich vieler Wörter und Redewendungen hat sich gegenüber der klassischen Zeit verändert (verengt bzw. erweitert). Z. B.: secedere (1,9,3; 2,11,1), famosus (2,11,1), crimen (2,11,2), immanitas (2,11,2), secessus (3,5,14).
Eine besondere Vorliebe hat Plinius für **verba inchoativa** (6,20,3 invalescere; 6,20,16 relucescere) und **verba intensiva** (3,5,1 lectitare; 3,5,7 actitare; 6,20,6 quassare; 9,6,2 noscitare; clamitare; 10,31,2 haesitare).
Auch **Deminutiva**, die ja als Element der Umgangssprache zum Briefstil gehören, finden sich nicht selten bei Plinius. So z. B.: 2,6,2 parvola laguncula; 2,14,1 adulescentulus; 4,13,1 pauculi; 5,8,4 sermuncula; fabella; 10,17,A,1 febricula.
Charakteristisch für die Sprache des Plinius ist auch die Verwendung **substantivierter Adjektive** (z. B. 2,11,17 eximium;

3,5,14 interiora; 10,88 natalis), **substantivierter Partizipien des Präsens** (z. B. 2,11,14 audientes; 6,20,14 comitantes; 10,96,9 periclitantes) und **substantivierter Gerundiva** (z. B. 6,16,3 scribenda; legenda; 6,20,8 miranda). Auch **Adjektive (Partizipien)** und **Adverbien** mit der Vorsilbe **in** gehören zu den typischen Erscheinungen des plinianischen Sprachgebrauchs. So z. B.: 1,10,9 inlitteratus; 3,5,2 iniucundus; 6,16,19 invalidus 9,6,3 insatiabiliter; 10,96,3 inflexibilis.

Auffällig ist auch das Vordringen des Dativgebrauchs bei verschiedenen Verben, die in klassischer Zeit meistens mit Präpositionen (bzw. mit dem Ablativ) verbunden sind. Vgl. z. B.: 2,12,2 eximere; 3,5,4 adsistere; 3,5,19 litteris adsidēre; 9,6,2 insistere;

Von den usuellen Regeln der Grammatik weicht Plinius ebenfalls häufig ab. So steht in der oratio obliqua nicht selten der Indikativ (vgl. 2,11,19), indirekte Fragesätze werden durch die Partikel an eingeleitet (vgl. 2,6,3; 6,20,5; 10,96,3), und quamquam verbindet sich mit einem Partizip (10,33,1) oder Adjektiv (9,36,4).

Von den Stilmitteln der literarischen Rhetorik ist für Plinius die **Ellipse** besonders typisch. Durch Auslassung eines Wortes (oft einer Form von esse) dient sie der Kürze. Vgl. z. B.: 2,14,8 facilis divinatio (sc.est); 3,5,11 frigida (sc.aqua) lavabatur; 9,23,4 multa deinde de studiis nostris (sc.dixit); 9,36,3 idem (sc.facio), quod ambulans.

Die **Antithese** stellt zwei gegensätzliche Begriffe oder Gedanken gegenüber. 8,24,9 Quo magis nitendum est, ne in longinqua provincia quam suburbana, ne inter servientes quam liberos, ne sorte quam iudicio missus, ne rudis et incognitus quam exploratus . . . fuisse videaris; weitere Beispiele: 1,9,3; 2,6,1; 4,13,8; 4,13,10; 5,8,1; 5,8,9; 5,8,12; 9,23,3; 9,30,2; 9,36,2; 8,22,1; 8,22,2; 8,24,4; 8,24,8. Sie tritt auch häufig in Verbindung mit dem **Chiasmus** auf. 9,30,2 Sunt ingenio simili qui, quod huic donant, auferunt illi. Vgl. auch 2,11,13; 2,12,5; 5,8,4; 8,22,3; 8,24,6; 9,36,1; 9,36,2.

Anapher: Durch Wiederholung desselben Wortes am Anfang von Satzteilen und Sätzen wird eine starke Hervorhebung und Betonung erreicht. So z. B.: 9,6,1 Nihil novum, nihil varium, nihil, quod non semel spectasse sufficiat. Vgl. auch: 1,9,2; 1,9,5; 2,6,2; 2,6,5; 4,13,9; 5,8,9; 5,8,10; 8,22,3; 8,24,3; 8,24,8; 9,6,3; 9,36,2.

Asyndeton: Durch Weglassen der satzverbindenden Wörter (Konjunktionen) wird eine besondere Prägnanz erreicht. So z. B.: 8,16,2 Dividunt, donant, relinquunt, dumtaxat intra domum. Vgl.

auch: 1,10,5; 2,11,17; 3,5,8; 4,13,9; 5,8,9; 8,24,1; 8,24,3; 8,24,4; 9,30,1; 9,36,4

Auch durch die **Alliteration** hebt Plinius bestimmte Stellen hervor und erzielt so eine bewußte Wirkung. 3,5,19 partim publica partim; 1,10,4 nisi sapiens non potest perspicere sapientem; vgl. auch: 2,11,3; 2,11,19; 4,13,2; 4,13,6; 8,16,1; 8,24,7; 9,36,2; 9,36,4; 10,31,3.

Hyperbaton: Sperrung syntaktisch zusammengehöriger Wörter. Der zusammengehörige Ausdruck erhält dadurch Nachdruck. Die Sperrung kann aber auch dazu dienen, einen zusammengesetzten Begriff oder eng miteinander verbundene Begriffe als Einheit darzustellen. Vgl. 2,11,14 minore audientium adsensu; 2,6,2; 2,6,6; 2,6,7; 3,5,1; 9,23,1; 9,23,2; 9,23,5; 9,30,1.

Paronomasie: Sie beruht auf Nebeneinanderstellung klangähnlicher, aber bedeutungsverschiedener Wörter. Sie dient dazu, die Aufmerksamkeit des Lesers zu erreichen. So z. B. 3,5,16: " poteras," "has horas non perdere"; nam perire. .; 8,24,2.

Polyptoton: Wiederholung des gleichen Wortes in verschiedenen Flexionsformen. Plinius will dadurch eine belebende Wirkung erzielen. Vgl. z. B.: 9,30,1 qui iis potissimum donant, qui donare maxime possunt. Weitere Beispiele: 2,11,11; 2,11,14; 2,14,4; 4,13,8; 8,16,3; 9,6,2; 9,30,4.

Homoioteleuton: Gleichklang der Endsilben in parallelen Satzgliedern. 8,24,4 adeas-regas; 2,11,18; 8,24,10.

Chiasmus: Variiert parallele Ausdrücke durch Überkreuzstellung von Wörtern oder Satzgruppen. Dient der Hervorhebung. 9,6,2 velocitate equorum aut hominum arte; 4,13,9; 6,16,6.

Litotes: Sie verbindet zwei Negationen zu einer verstärkten Bejahung. 3,5,2 non iniucunda; 10,33,3; 10,96,6.

Oxymoron: Enge syntaktische Verbindung sich widersprechender Begriffe zu einer Einheit. Plinius will dadurch die Aufmerksamkeit des Lesers hervorrufen und ihn zum Nachdenken anregen. 1,10,9 scribo plurimas, sed inlitteratissimas litteras; 2,11,13 accusare damnatum; vgl. auch: 2,12,3; 2,12,4; 2,12,5; 9,6,4.

Metapher: Bildhafter Gebrauch einer Wortbedeutung. 2,14,4 Nunc refractis pudoris et reverentiae claustris, omnia patent omnibus. 2,11,3; 4,13,2; 4,13,5; 4,13,10; 5,8,5; 5,8,8; 5,8,11; 8,16,2; 9,30,3.

Ein Beweis für die kunstvolle Gestaltung der plinianischen Briefe sind auch die sehr zahlreichen Pointen und geistreichen Sentenzen, die Plinius besonders gern am Schluß eines Gedankenabschnittes verwendet. So z. B.: 1,9,8 Satius est . . otiosum esse quam nihil agere; 1,10,7 insectatur vitia, non homines, nec castigat errantes, sed emendat; 2,12,5 Numerantur enim sententiae, non ponderantur; 8,22,3 Qui vitia odit, homines odit; 9,6,3 capio aliquam voluptatem, quod hac voluptate non capior; vgl. auch: 1,9,5; 2,6,2; 2,6,3; 2,6,4; 2,14,2; 3,5,10; 3,5,12; 5,8,7; 8,22,1; 8,22,2; 8,22,3; 8,24,3; 8,24,6; 8,24,9; 8,24,10; 9,30,1; 9,30,4; 9,36,1; 9,36,6.

Klauseln in den Briefen des Plinius

Die griechischen Redner des 5. Jahrhunderts übernahmen aus der Dichtung metrische Formen, durch die sie den Schluß von Sätzen oder Satzteilen rhythmisch gestalteten. Cicero, der die Technik der Griechen vervollkommnete, nennt diese Satzschlüsse clausulae (Klauseln).

Unter dem Einfluß Ciceros verwenden vor allem Seneca, Quintilian und Plinius der Jüngere rhythmische Satzschlüsse.

Die beliebtesten Klauseln bei Plinius sind:

– ∪ – – ⏓ kretisch-trochäische Dipodie (=Grundform I)

– ∪ – – ⏓ ⏓ Doppelkretikus (=kretische Dipodie=Grundform II)

– ∪ – ⏓ Doppeltrochäus (=Grundform III). Meist geht noch ein Kretikus (– ∪ –) voraus.

– ∪ – ∪ ⏓ Hypodochmius (Grundform IV)

– – – ⏓ Dispondeus

Durch Auflösung der Längen entstehen die „sekundären Grundformen".

So ergeben sich z. B.: ∪ ∪ ∪ – – ⏓ (=aufgelöste 1. Länge I[1]
– ∪∪∪ – ⏓ (aufgelöste 2. Länge) I[3]

In der Verwendung des Prosarhythmus durch Plinius wird ein (weiterer) fundamentaler Unterschied zu Ciceros Briefen erkennbar. Die rhythmische Durchbildung der Sprache ist für Plinius ein bewußtes Kunstprinzip, das er in seinen Briefen wirksam anzuwenden versteht, während Ciceros Briefe nicht rhythmisiert sind. Ein Beweis für die bewußte Komposition des Plinius ist die Tatsache, daß er häufig mehrere aufeinanderfolgende Kola mit derselben Klausel enden läßt (Korrespondenz; vgl. Erläut. zu 2,11,1 ff.). Dadurch verknüpft er Aussagen miteinander und unterstreicht den Sinnzusammenhang. Besonders bevorzugt Plinius Dreiergruppen von gleichartigen Klauseln, die er gern an den Anfang oder

Schluß einer Periode setzt. Über die Dreizahl geht Plinius jedoch nie hinaus.
Ein besonders kunstvolles Mittel der Darstellungsweise des Plinius ist die Verwendung von Rahmenkompositionen: Durch die gleiche Rhythmisierung des Anfangs- und Schlußkolons betont Plinius die Einheit der in sich geschlossenen Periode (vgl. zu 2,11,1 ff.).
Bei einem Vergleich der rhythmischen Satzschlüsse bei Plinius und Cicero (es kommen nur die Reden in Frage; s. o.) ergibt sich, daß bei Plinius ein Rückgang der sekundären Grundformen zu beobachten ist, ein Zeichen für eine zunehmende Vereinfachung gegenüber Cicero(Reden), bei dem ein reiches System sekundärer Grundformen festzustellen ist (vgl. H.-Sz. 716 ff.).

I. Das private und gesellschaftliche Leben eines gebildeten Römers.

1. Die Lebensweise des Plinius auf seinem Landgut (9,36)

C. PLINIUS FUSCO SUO S.

1 Quaeris, quemadmodum in Tuscis diem aestate disponam. Evigilo, cum libuit, plerumque circa horam primam, saepe ante, tardius raro. Clausae fenestrae manent; **2** mire enim silentio et tenebris ab iis, quae avocant, abductus et liber et mihi relictus, non oculos animo, sed animum oculis sequor, qui eadem quae mens vident, quotiens non vident alia. Cogito, si quid in manibus, cogito ad verbum scribenti emendantique similis, nunc pauciora, nunc plura, ut vel difficile vel facile componi tenerive potuerunt. Notarium voco et die admisso, quae formaveram, dicto; abit rursusque revocatur rursusque dimittitur. **3** Ubi hora quarta vel quinta (neque enim certum dimensumque tempus), ut dies suasit, in xystum me vel cryptoporticum confero, reliqua meditor et dicto. Vehiculum ascendo. Ibi quoque idem quod ambulans aut iacens; durat intentio mutatione ipsa refecta. Paulum redormio, dein ambulo, mox orationem Graecam Latinamve clare

Epist. 9, 36 ist an den Advokaten und Konsul des Jahres 118, Cn. Pedanius Fuscus Salinator, gerichtet. In diesem Brief schildert Plinius seinen Tagesablauf auf seinem Landgut. Durch Herkunft und Vermögen gehörte Plinius zu einer Gesellschaftsschicht, deren hauptsächlicher Lebensinhalt im otium, einem Leben in Muße, bestand. Schriftstellerei, Lektüre und Unterhaltung mit Gebildeten sind, wie dieser Brief zeigt, die ihm gemäße Daseinsform. Der Vorrang einer vita otiosa macht den seit der Republik eingetretenen Wandel deutlich. Aber auch das Desinteresse des Plinius (vgl. Schluß des Briefes) gegenüber Fragen landwirtschaftlicher Arbeit – sie erscheinen ihm als lästige Unterbrechung seiner Tätigkeit – zeigt ebenfalls eine für die Kaiserzeit charakteristische Haltung. Epist. 9, 36 gibt nicht nur einen Einblick in die persönliche Lebensgestaltung des Plinius. Die Bedeutung dieses Briefes liegt u.a. auch darin, daß die Lebensweise des jüngeren Plinius im wesentlichen mit derjenigen des gebildeten Römers seiner Zeit übereinstimmt.

Parallel-/Kontrasttexte: Cic. ad fam. 9, 20, 3; Plin. epist. 3, 1; 9, 40

1. **Tusci, orum** (sc. agri): Landgut des Plinius in Etrurien. Ausführliche Beschreibung dieses Landgutes in epist. 5, 6. – **circa horam primam:** gegen 6 Uhr. Man teilte den Tag von Sonnenaufgang bis Sonnenuntergang in 12 Stunden ein; je nach Jahreszeit war die Länge der Stunden unterschiedlich. – **tardus:** langsam, spät. – **2. avocare:** wegrufen, ablenken, zerstreuen. – **ea, quae avocant:** i.D. substantivische Wiedergabe. – **mihi relictus:** mir selbst überlassen. – **quotiens non vident alia:** Wenn die Augen nichts sehen, wird die Aufmerksamkeit nicht so leicht abgelenkt. – **in manibus** (sc. mihi est): ich habe in Arbeit. Vgl. 4, 13, 1. Das Streben nach Kürze und Prägnanz des Ausdrucks zeigt sich in der Auslassung bestimmter, leicht zu ergänzender Wörter (Ellipse). – **ad verbum:** Wort für Wort. – **ut:** je nachdem. – **componere:** entwerfen. – **tenere** (sc. memoria). – **notarius:** Schnellschreiber, Stenograph. Die notarii waren meist Sklaven oder Freigelassene, die sich bestimmter Abkürzungen (notae) bedienten, welche nach Tiro, einem Freigelassenen Ciceros, auch notae Tironianae hießen. Die stenographischen Zeichen wurden bis ins Mittelalter benutzt. – **dies:** Tageslicht. Vgl. 6, 20, 6. – **diem admittere:** das Tageslicht hineinlassen, die Fenster öffnen. – **formare:** gestalten, entwerfen. – **dictare:** diktieren. – **3. dimensus** (dimetiri): abgemessen, festgesetzt (pass.). – **neque enim certum dimensumque tempus** (sc. habeo): Ellipse des Verbums. – **dies:** Witterung. – **xystus, i.m.:** offener Säulengang, Terrasse. – **cryptoporticus, us.f:** überdeckter Säulengang, Wandelhalle. - **meditari:** überdenken. - **idem:** sc. ago. - **intentio:** geistige Anspannung. - **reficere:** wiederherstellen, beleben. - **mutatio:** Veränderung, Abwechslung. Nach Meinung des Plinius bewirkt der Wechsel des Aufenthaltsortes eine Belebung seiner geistigen Tätigkeit. - **redormire:** wieder schlafen. - **intente** (adv.) hier: laut. - **mox** = tum steht in der Aufzählung erst in nachklassischer Zeit (Vgl. K.-St. II, 69, A; vgl. auch 3, 5, 11;

et intente non tam vocis causa quam stomachi lego; pariter tamen et illa firmatur.Iterum ambulo, ungor, exerceor, lavor. **4** Cenanti mihi, si cum uxore vel paucis, liber legitur; post cenam comoedia aut lyristes; mox cum meis ambulo, quorum in numero sunt eruditi. Ita variis sermonibus vespera extenditur, et quamquam longissimus dies bene conditur. **5** Non numquam ex hoc ordine aliqua mutantur; nam, si diu iacui vel ambulavi, post somnum demum lectionemque non vehiculo sed, quod brevius, quia velocius, equo gestor. Interveniunt amici ex proximis oppidis, partemque diei ad se trahunt interdumque lasso mihi opportuna interpellatione subveniunt. **6** Venor aliquando, sed non sine pugillaribus, ut, quamvis nihil ceperim, non nihil referam. Datur et colonis, ut videtur ipsis, non satis temporis, quorum mihi agrestes querelae litteras nostras et haec urbana opera commendant. Vale.

6, 20, 2; 9, 36, 4). – **stomachus:** Magen, Verdauung. Die Ärzte der Antike hielten lautes Lesen für ein erprobtes Mittel gegen Verdauungsstörungen. Vgl. den römischen Schriftsteller Celsus (zur Zeit des Tiberius): de medicina 1, 8, 1: Si quis vero stomacho laborat, legere clare debet et post lectionem ambulare. – **ung(u)ere:** salben. – **exerceri:** sich üben, Gymnastik treiben. – **4. legere:** vorlesen. – **lyristes, ae:** Leierspieler. Während des Mahles gab es Vorführungen von Schauspielern, Pantomimen und Leierspielern. – **mox:** vgl. § 3. – **mei:** meine Leute. Charakteristisch für die Einstellung des Plinius seinen Sklaven gegenüber ist es, daß er sie nicht servi, sondern einfach mei nennt (vgl. u.a. 8, 16, 1). Unter mei waren sowohl Sklaven als auch Freigelassene zu verstehen, die zur familia gehörten. – **vespera:** ein von den Schriftstellern der Kaiserzeit bevorzugtes Wort für vesper. – **vesperam extendere:** den Abend zubringen. – **quamquam** (beim Adjektiv) wird im steigernd-konzessiven Sinn (vgl. K.-St. II, 444 f.) gebraucht. Es steht besonders häufig im späteren Latein. – **diem condere:** den Tag zu Ende bringen. Dieser poetische Ausdruck findet sich in der Prosa nur bei Plinius. – **5. demum:** erst, endlich. – **lectio:** Lektüre. – **gestare:** tragen. – **equo gestari** = equo vehi. – **intervenire:** dazwischen kommen. – **ad se trahere:** an sich ziehen, für sich beanspruchen. – **lassus:** abgespannt, müde. – **interpellatio:** Unterbrechung, Störung. – **opportunus:** willkommen. – **6. venari:** jagen. – **pugillares** (sc. libelli): Schreibtafel. – **quamvis nihil ceperim, non nihil referam:** Der Brief schließt mit einer Pointe: Wenn Plinius auch nichts erbeutet hat (während der Jagd), bringt er doch etwas mit nach Hause (auf seiner Schreibtafel). – **colonus:** Gutspächter. – **agrestes querelae:** bäuerliche Klagen (der Pächter). – **litterae:** wissenschaftliche, literarische Arbeiten. – **nostras** (litteras): Plinius bezieht den Adressaten des Briefes mit ein. – **urbana opera:** Tätigkeiten in der Stadt Rom. – **commendare:** empfehlen, angenehm machen. –

2. Stadt- und Landleben (1,9)

C. PLINIUS MINICIO FUNDANO SUO S.

1 Mirum est, quam singulis diebus in urbe ratio aut constet aut constare videatur, pluribus iunctisque non constet. **2** Nam, si quem interroges 'Hodie quid egisti? ', respondeat: „Officio togae virilis interfui, sponsalia aut nuptias frequentavi, ille me ad signandum testamentum, ille in advocationem, ille in consilium rogavit." **3** „Haec quo die feceris, necessaria, eadem, si cotidie fecisse te reputes, inania videntur, multo magis cum secesseris. Tunc enim subit recordatio: „Quot dies quam frigidis rebus absumpsi!" **4** Quod evenit mihi, postquam in Laurentino meo aut lego aliquid aut scribo aut etiam corpori vaco, cuius fulturis animus sustinetur. **5** Nihil audio, quod audisse, nihil dico quod dixisse paeniteat; nemo apud me quemquam sinistris sermonibus carpit, neminem ipse reprehendo, nisi tamen me cum parum commode scribo; nulla spe, nullo timore sollicitor, nullis rumoribus inquietor: mecum tantum et cum libellis loquor. **6** O rectam sinceramque vitam! O dulce otium honestumque ac paene omni negotio pulchrius! O mare, o litus, verum secretumque *μουσεῖον*, quam multa invenitis, quam multa dictatis! **7** Proinde tu quoque strepitum istum inanemque discursum et multum ineptos labores, ut primum fuerit occasio, relinque teque studiis vel otio trade. **8** Satius est enim, ut Atilius noster eruditissime simul et facetissime dixit, otiosum esse quam nihil agere. Vale.

1, 9. In diesem Brief gibt Plinius eine Bilanz seines unruhigen und geschäftigen Lebens in der Stadt. Eine richtige Wertung erfährt dieses Leben erst durch die Darstellung des Gegenbildes: Das Leben in der Zurückgezogenheit des Landes bringt Plinius den inneren Frieden und läßt die vielen Beschäftigungen in der Stadt unwesentlich erscheinen.

Parallel-/Kontrasttexte: Horaz Sat. 2, 6, 15 ff; Plin. epist. 2, 8; 1, 6

1. ratio constat: (c. dat.) die Rechnung stimmt, ich komme mit mir ins reine. Diese Redensart ist der Kaufmannssprache entnommen und bedeutet, daß Ausgaben und Einnahmen im rechten Verhältnis zueinander stehen. Im übertragenen Sinn bringt die Wendung zum Ausdruck, daß eine Entscheidung oder eine Handlungsweise in Ordnung ist bzw. einen vernünftigen Grund hat. –

pluribus iunctisque (sc. diebus): nimmt man aber mehrere Tage zusammen. – **2. officium togae virilis:** Mündigkeitserklärung. Am 17. März, dem Fest der Liberalien, legten die Sechzehnjährigen die toga praetexta ab und erhielten in einer öffentlichen Feier die toga virilis. Verwandte und Freunde gaben ihnen das Ehrengeleit (officium) zum Forum. Dort wurden sie in die Bürgerliste eingetragen und trugen nun den vollen, aus drei Teilen bestehenden Bürgernamen. – **sponsalia, ium** (spondēre): Verlobung. – **signare testamentum:** (als Zeuge) ein Testament unterzeichnen. Ein gültiges Testament mußte vor dem Prätor von sieben Zeugen unterzeichnet werden. Auch dieser Akt war oft mit einer Feier verbunden. – **advocatio:** Verteidigung vor Gericht. Der advocatus war ursprünglich lediglich ein Bekannter oder Freund des Angeklagten, der diesem vor Gericht durch sein Erscheinen und seinen Rat beistand. Zur Kaiserzeit ist der advocatus der Gerichtsredner bzw. der Anwalt. **consilium:** hier Gutachten. Plinius erteilte als Rechtskundiger ratsuchenden Bürgern Rechtsgutachten. **3. reputare:** nachrechnen. – **secedere:** sich (aus der Stadt) aufs Land zurückziehen. Dieser spezielle Gebrauch findet sich erst in der Kaiserzeit. vgl. 2, 11, 1; 3, 5, 14 (secessus). – **res frigidae:** Dinge, die uns kalt lassen (unbedeutende Dinge). **4. postquam** mit Ind. des Praes.: jedesmal wenn. – **Laurentinum:** Landgut des Plinius bei Laurentum in der Nähe von Ostia (in 2, 17 ausführlich beschrieben). – **vacare** c. dat.: frei sein für, Zeit haben für. – **fultura:** Stütze. – **5. sinister:** links, widerwärtig. – **capere:** zerpflücken, kritisieren, tadeln. – **parum:** zu wenig. – **commodus:** angemessen. – **inquietare:** beunruhigen. – **6. sincerus:** natürlich, rein, unverdorben. – **negotium:** Tätigkeit im öffentlichen Leben. – *μουσεῖον*: Musenheiligtum. Auch die Gelehrtenakademie in Alexandria hatte diesen Namen. – **invenire:** finden lassen. – **7. proinde** (bei Aufforderungen): also, daher. Die folgende Aufforderung richtet Plinius an Fundanus, Konsul des Jahres 107 und Statthalter der Provinz Asia. - **strepitus, us:** Lärm. – **inanis discursus:** nichtige Geschäftigkeit. – **multum** (adv.) verstärkt das folgende Adj. – **ineptus:** albern, läppisch. – **8. satius** (satis)=melius. – **Atilius:** Jugendfreund des Plinius. – **facetus:** witzig. – **otiosum esse quam nihil agere:** Variation eines Ausspruchs des älteren Scipio. Bei Cic. off. 3, 1 überliefert: numquam se minus otiosum esse quam cum otiosus sit (= als wenn er frei von Staatsgeschäften sei).

3. Ein „erfreulicher" Gastgeber (2,6)

C. PLINIUS AVITO SUO S.

1 Longum est altius repetere nec refert, quemadmodum acciderit, ut homo minime familiaris cenarem apud quendam, ut sibi videbatur, lautum et diligentem, ut mihi, sordidum simul et sumptuosum. **2** Nam sibi et paucis opima quaedam, ceteris vilia et minuta ponebat. Vinum etiam parvolis lagunculis in tria genera discripserat, non ut potestas eligendi, sed ne ius esset recusandi, aliud sibi et nobis, aliud minoribus amicis (nam gradatim amicos habet), aliud suis nostrisque libertis. **3** Animadvertit, qui mihi proximus recumbebat, et an probarem, interrogavit. Negavi. 'Tu ergo' inquit 'quam consuetudinem sequeris? ' 'Eadem omnibus pono; ad cenam enim, non ad notam invito cunctisque rebus exaequo, quos mensa et toro aequavi.' **4** 'Etiamne libertos? ' 'Etiam; convictores enim tunc, non libertos puto.' Et ille: 'Magno tibi constat.' 'Minime.' 'Qui fieri potest? ' 'Quia scilicet liberti mei non idem quod ego bibunt, sed idem ego quod liberti.' **5** Et hercule, si gulae temperes, non est onerosum, quo utaris, ipse communicare cum pluribus. Illa ergo reprimenda, illa quasi in ordinem redigenda est, si sumptibus parcas, quibus aliquanto rectius tua continentia quam aliena contumelia consulas.
6 Quorsus haec? ne tibi, optimae indolis iuveni, quorundam in mensa luxuria specie frugalitatis imponat. Convenit autem amori in te meo, quotiens tale aliquid inciderit, sub exemplo praemonere, quid debeas fugere. **7** Igitur memento nihil magis esse vitandum quam istam luxuriae et sordium novam societatem; quae cum sint turpissima discreta ac separata, turpius iunguntur. Vale.

Ohne eine besondere Einleitung berichtet Plinius von seinen Eindrücken während eines Gastmahles. Der namentlich nicht genannte Gastgeber teilt seine Gäste in Klassen ein und bewirtet sie nach ihrer sozialen Rangstufe. An diesem Verhalten, das offenbar typisch ist für das gesellschaftliche Leben der Kaiserzeit, übt Plinius – in einem Gespräch mit seinem Tischnachbarn – scharfe Kritik. Er bezeichnet den Gastgeber, der sich in falscher Selbsteinschätzung für großzügig und sparsam hält, als verschwenderisch und geizig zugleich. Plinius dagegen tischt allen geladenen Gästen – auch den Freigelassenen – dasselbe auf und erspart ihnen die Demütigung einer Klassifizierung nach ihrem sozialen Rang. Durch Beschränkung der eigenen Ansprüche ist es ihm möglich, andern gegenüber großzügig zu sein. Das von Plinius gebotene exemplum soll, wie der Schlußabschnitt deutlich macht, den Adressaten Avitus und darüber hinaus den Leser plinianischer Briefe überhaupt vor sordes und luxuria, den Hauptlastern seiner Zeit, warnen und ihnen den Weg zu einer rechten Lebensweise zeigen.

Parallel-/Kontrasttext: Plin. epist. 1, 15; 9, 17; Petron Satyricon: cena Trimalchionis; Iuv. sat. 5; Mart. 1,20
Lit.: Philips, H.: Zeitkritik bei Plinius dem Jüngeren. In: Anregung 1976, 363 ff.

1. longus: weitläufig, umständlich. – **altius repetere:** weiter ausholen. – **refert:** es ist von Bedeutung. – **familiaris, e:** befreundet. – **lautus:** großzügig. – **diligens:** wirtschaftlich, sparsam. – **sordidus:** geizig. – **sumptuosus:** verschwenderisch. – **2. opimus:** fett, köstlich. – **vilis, e:** billig. – **minutus:** klein, winzig. – **ponere:** vorsetzen. – **laguncula:** kleine Flasche. – **discribere:** verteilen, auftischen. – **gradatim:** nach Stufen, nach Rangstufen. – **3. recumbere:** zu Tische sitzen (eig. liegen). Bei Mahlzeiten lag man auf Speisesofas. Diese Sitte kam aus dem Orient. – **an** = num (ob); vgl. 6, 16, 11; 10, 33, 3. – **nota:** Abschätzung, Tadel, Beschimpfung. – Nota ist hier wohl in Anlehnung an die Rüge (nota) des Censors gebraucht, die er wegen anstößigen Lebenswandels aussprechen konnte. Damit verbunden war eine Schmälerung der bürgerlichen Ehrenrechte. – **torus:** Polster, Speisesofa. – **exaequare:** gleichmachen, gleichstellen. – **4. convictor:** Gast. – **qui:** wie? . **5. gula:** Kehle, Gaumen, Eßlust. **temperare** (c. dat.): mäßigen. – **onerosus:** lästig, unangenehm. Vgl. 2,11,13. – **communicare** (c. aliquo): mit jmd. teilen. – **reprimere:** zurückdrängen, einschränken. – **in ordinem redigere:** zur Ordnung rufen, in die Schranken weisen, einschränken. – **aliquanto:** beträchtlich, bedeutend. – **aliena contumelia** = aliorum contumelia: Zurücksetzung, Beleidigung anderer. Vgl. 2, 11, 10 cetera frequentia. – **6. indoles, is:** Begabung. – **specie frugalitatis:** unter dem Schein der Wirtschaftlichkeit. – **imponere** (c. dat): täuschen, Eindruck machen. – **in mensa luxuria:** Tafelluxus. – **convenit:** es ist angemessen. – **praemonere:** warnend zeigen. – **7. societas:** Verbindung. – **sordes, ium, f.:** schmutziger Geiz.

4. Echte Freigebigkeit (9,30)

C. PLINIUS GEMINO SUO S.

1 Laudas mihi et frequenter praesens et nunc per epistulas Nonium tuum, quod sit liberalis in quosdam: et ipse laudo, si tamen non in hos solos. Volo enim eum, qui sit vere liberalis, tribuere patriae, propinquis, adfinibus, amicis, sed amicis dico pauperibus, non ut isti, qui iis potissimum donant, qui donare maxime possunt. 2 Hos ego viscatis hamatisque muneribus non sua promere puto, sed aliena corripere. Sunt ingenio simili, qui, quod huic donant, auferunt illi, famamque liberalitatis avaritia petunt. 3 Primum est autem suo esse contentum, deinde, quos praecipue scias indigere, sustentantem foventemque orbe quodam socialitatis ambire. Quae cuncta si facit iste, usquequaque laudandus est; si unum aliquid, minus quidem, laudandus tamen: 4 tam rarum est etiam imperfectae liberalitatis exemplar. Ea invasit homines habendi cupido, ut possideri magis quam possidere videantur. Vale.

Die am Anfang des Briefes gelobte liberalitas des Nonius veranlaßt Plinius, ein Bild wahrer Freigebigkeit zu zeichnen. Diese erstreckt sich nicht auf eine bestimmte Gruppe von Menschen (liberalis in quosdam), sondern berücksichtigt alle, besonders die, die der Hilfe am meisten bedürfen. Plinius ist hier von der stoischen Ethik beeinflußt, die aus der Zusammengehörigkeit aller Menschen zu einer societas humana eine besondere Verpflichtung gegenüber dem Mitmenschen ableitet (vgl. u.a. Cic. off. 1, 22; Sen. benef. 1, 4, 2). Liberalitas als echte Hilfsbereitschaft ohne Erwartung finanzieller oder gesellschaftlicher Vorteile steht in Gegensatz zu den in § 2 genannten Fehlformen der liberalitas und ist in einer von Egoismus und Materialismus beherrschten Zeit äußerst selten.

Parallel-/Kontrasttext: Cicero, off. 1, 42 ff. off. 2, 54.

1. **Nonius:** sonst nicht weiter bekannt. – **epistulae:** Brief. Der Plural ist durch Analogiebildung in Anlehnung an litterae zu erklären. Erst in nachklassischer Zeit (H.–Sz. 16; K.-St. I, 86). – **adfinis:** angrenzend, verschwägert. – **propinqui et adfines:** nähere und entferntere Verwandte. – **isti** sc. faciunt. – **2. viscatus:** mit Vogelleim bestrichen. – **hamatus:** mit Angelhaken versehen. – **promere:** hergeben. – **corripere:** ergreifen, an sich reißen. – **3. deinde** sc. decet. – **sustentare** (Intens. zu sustinere): stützen, unterstützen. – **orbe quodam socialitatis ambire:** gleichsam mit einem Kreis von Hilfsbereitschaft umgeben. – **usquequaque:** in jeder Hinsicht. – **4. invadere** (c. acc.): befallen. – **possidēri** (sc. divitiis).

5. Der Ruhm des Plinius (9,23)

C. PLINIUS MAXIMO SUO S.

1 Frequenter agenti mihi evenit, ut centumviri, cum diu se intra iudicum auctoritatem gravitatemque tenuissent, omnes repente quasi victi coactique consurgerent laudarentque; **2** frequenter e senatu famam, qualem maxime optaveram, rettuli: numquam tamen maiorem cepi voluptatem, quam nuper ex sermone Corneli Taciti. Narrabat sedisse secum circensibus proximis equitem Romanum. Hunc post varios eruditosque sermones requisisse: 'Italicus es an provincialis? ' Se respondisse: 'Nosti me, et quidem ex studiis.' **3** Ad hoc illum: 'Tacitus es an Plinius? ' Exprimere non possum, quam sit iucundum mihi, quod nomina nostra quasi litterarum propria, non hominum, litteris redduntur, quod uterque nostrum his etiam ex studiis notus, quibus aliter ignotus est.

4 Accidit aliud ante pauculos dies simile. Recumbebat mecum vir egregius, Fadius Rufinus, super eum municeps ipsius, qui illo die primum venerat in urbem; cui Rufinus demonstrans me: 'Vides hunc? ' Multa deinde de studiis nostris; et ille 'Plinius est' inquit. **5** Verum fatebor, capio magnum laboris mei fructum. An, si Demosthenes iure laetatus est, quod illum anus Attica ita noscitavit: Οὗτός ἐστι Δημοσθένης, ego celebritate nominis mei gaudere non debeo? Ego vero et gaudeo et gaudere me dico. **6** Neque enim vereor, ne iactantior videar, cum de me aliorum iudicium, non meum profero, praesertim apud te, qui nec ullius invides laudibus et faves nostris. Vale.

Voller Selbstbewußtsein und auch nicht ohne eine gewisse Eitelkeit spricht Plinius von seinem Ruhm als Redner und Schriftsteller. Seine rednerischen (§ 1/2) und literarischen Leistungen finden überall Anerkennung. Das sollen auch die beiden von Plinius erwähnten Episoden (§ 2 und 4) illustrieren. Höchstes Lob aber bedeutet es für ihn, zusammen mit Tacitus, dem wohl bedeutendsten römischen Historiker, den er als sein Vorbild zu erreichen sucht, genannt zu werden. Bei seinem Streben nach immortalitas durch literarischen Ruhm steht Plinius hier durchaus auf dem Boden römischer Tradition (vgl. u.a. Horaz, Ovid, Martial).

Parallel-/Kontrasttexte: Plin. epist. 7, 20; 3, 21; Horaz, c. 3,30 (Lit.: H.P. Syndikus, Die Lyrik des Horaz, Darmstadt 1973, II, 27ff), Ovid, met. 15, 871 ff. (Lit.: H. Oppermann, A.U. 5, 1953, 66ff.), Martial 5, 13.

1. **agere** (causam); einen Prozeß führen, (als Verteidiger) vor Gericht auftreten. – **centumviri:** Sondergerichtshof für Zivilprozesse, in denen besonders Eigentums- und Erbschaftsfälle verhandelt wurden. Den Vorsitz dieses Gerichtes, das zuerst aus 105, seit Trajan aus 180 Mitgliedern bestand, hatte ein Prätor. – **se intra auctoritatem gravitatemque tenere:** Ansehen und Würde bewahren. – **quasi victi coactique:** überwältigt und wie unter einem Zwang. – **2. circenses** (sc. ludi): Zirkusspiele. – **studia:** literarische Werke. – **3. proprius** (c. gen): zugehörig zu. – **aliter:** sonst (durch persönliche Bekanntschaft). – **4. recumbere:** vgl. 2, 6, 3. – **super eum** (sc. recumbebat): neben ihm. – **municeps:** Bürger einer Landstadt, hier, Landsmann. – **5. anus, us:** alte Frau. – **noscitare:** wiedererkennen. – *οὗτός ἐστι Δημοσθένης*: das ist Demosthenes. – **6. iactans:** prahlerisch. –

6. Plinius' Verhalten gegenüber seinen Sklaven (8,16)

C. PLINIUS PATERNO SUO S.

1 Confecerunt me infirmitates meorum, mortes etiam, et quidem iuvenum. Solacia duo nequaquam paria tanto dolori, solacia tamen: unum facilitas manumittendi (videor enim non omnino immaturos perdidisse, quos iam liberos perdidi), alterum, quod permitto servis quoque quasi testamenta facere, eaque ut legitima custodio. 2 Mandant rogantque, quod visum; pareo ut iussus. Dividunt, donant, relinquunt, dumtaxat intra domum; nam servis res publica quaedam et quasi civitas domus est. 3 Sed quamquam his solaciis adquiescam, debilitor et frangor eadem illa humanitate, quae me, ut hoc ipsum permitterem, induxit. Non ideo tamen velim durior fieri. Nec ignoro alios eius modi casus nihil amplius vocare quam damnum, eoque sibi magnos homines et sapientes videri. Qui an magni sapientesque sint, nescio; homines non sunt. 4 Hominis est enim adfici dolore, sentire, resistere tamen et solacia admittere, non solaciis non egere. 5 Verum de his plura fortasse quam debui; sed pauciora quam volui. Est enim quaedam etiam dolendi voluptas, praesertim si in amici sinu defleas, apud quem lacrimis tuis vel laus sit parata vel venia. Vale.

Die Sklaven besaßen keine bürgerliche Rechtsstellung und unterstanden der absoluten Verfügungsgewalt ihres Herrn. Doch zeigte sich unter dem Einfluß der griechischen Philosophie, die durch die Lehre von der inneren Freiheit des Menschen die Ungleichheit von Sklaven und Freien zu überwinden suchte, in der Kaiserzeit mehr und mehr eine Besserung ihres Loses. Ein Zeugnis für die oft humane Behandlung der Sklaven in der Kaiserzeit ist der Pliniusbrief 8, 16. Plinius läßt echte Teilnahme an ihrem Schicksal erkennen und sieht Krankheit und Tod eines Sklaven oder Freigelassenen nicht als einen finanziellen Verlust an.
Eine ähnliche Einstellung zu den Sklaven findet sich schon bei Cicero (vgl. fam. 16, 4; Att. 1, 12, 4) und Seneca (vgl. epist. 47).

Parallel-/Kontrasttexte: Cato, de agr. prooem. cap. II.; Cic. fam. 16,4; Sen. epist. 47; Plin. epist. 5, 19

Lit.: W. Richter, Seneca und die Sklaven, Gymn. 65 (1958), 196 ff. S. Lauffer, Die Sklaverei in der griechisch-römischen Welt, Gymn. 68 (1961), 370 ff.

1. conficere: aufreiben, hart treffen. – **infirmitas** (corporis): Krankheit. – **mei:** vgl. 9, 36, 4. – **mortes:** Todesfälle. – **et quidem:** und noch dazu – **nequaquam:** keineswegs. – **par, paris:** gleich, entsprechend. – **solacia** (sc. sunt): Trostgründe. – **facilitas manumittendi:** die Leichtigkeit der Freilassung. – Der Herr konnte auf verschiedene Weise einen Sklaven aus seiner Gewalt (manus) entlassen, ihm die Freiheit schenken. Die häufigste Form der Freilassung war die Eintragung des Sklaven in die Bürgerliste. – **immaturus:** vorzeitig, zu früh. – **quasi testamentum:** Da die Sklaven keine Rechtsfähigkeit besaßen, konnten sie auch kein wirkliches Testament machen. Plinius jedoch erfüllt ihren letzten Willen, als ob die Testamente gesetzlich gültig seien. – **custodire:** hüten, beachten. – **2. mandare:** Weisungen erteilen (in ihrem Testament). – **ut iussus** (sc. essem). – **relinquere:** hinterlassen. – **dumtaxat:** freilich nur. – **intra domum:** Die Sklaven durften nur innerhalb der familia über ihr Eigentum verfügen. – **nam . . . servis domus est:** Nach alter römischer Auffassung galt jede Familie als Staat im kleinen. Dem milden Herrscher entsprach der pater familias, der für das Wohl der Seinen sorgte. – **3. quamquam** mit Konj. nachklassisch (vgl. H.-Sz. 602). – **adquiescere** (c. abl.): Ruhe finden. – **debilitare:** lähmen, entmutigen. – **frangere:** erschüttern. – **humanitas:** Güte, Menschenfreundlichkeit. – **inducere** = adducere. – **damnum:** Vermögensverlust. – **nescio an:** vielleicht. – **4. resistere:** hier: sich fassen. – **admittere:** zulassen. – **5. fortasse** sc. dixi. – **voluptas:** Freude. – **venia:** Verzeihung, Nachsicht. –

7. Plinius' Einstellung zu den Zirkusspielen (9,6)

C. PLINIUS CALVISIO SUO S.

1 Omne hoc tempus inter pugillares ac libellos iucundissima quiete transmisi. 'Quemadmodum' inquis 'in urbe potuisti? ' Circenses erant, quo genere spectaculi ne levissime quidem teneor. Nihil novum, nihil varium, nihil, quod non semel spectasse sufficiat. **2** Quo magis miror tot milia virorum tam pueriliter identidem cupere currentes equos, insistentes curribus homines videre. Si tamen aut velocitate equorum aut hominum arte traherentur, esset ratio non nulla; nunc favent panno, pannum amant, et, si in ipso cursu medioque certamine hic color illuc, ille huc transferatur, studium favorque transibit, et repente agitatores illos, equos illos, quos procul noscitant, quorum clamitant nomina, relinquent. **3** Tanta gratia, tanta auctoritas in una vilissima tunica, mitto apud vulgus, quod vilius tunica, sed apud quosdam graves homines; quos ego cum recordor, in re inani, frigida, adsidua, tam insatiabiliter desidere, capio aliquam voluptatem, quod hac voluptate non capior. **4** Ac per hos dies libentissime otium meum in litteris colloco, quos alii otiosissimis occupationibus perdunt. Vale.

In keinem Brief der uns erhaltenen Sammlung übt Plinius eine so harte Kritik wie in epist. 9, 6. Die Begeisterung der Masse bei Zirkusrennen ist ihm unverständlich, da sie nicht die Schnelligkeit der Pferde oder die Geschicklichkeit des Wagenlenkers bewundert, sondern in blindem Fanatismus ihrem Favoriten zujubelt. Zu den nach Plinius' Meinung eintönigen und geistlosen Veranstaltungen im Zirkus steht Plinius' literarische Tätigkeit, der er sich in Rom während der Zirkusspiele widmet, in einem deutlichen und bewußten Gegensatz. Wie Plinius so haben sich schon vor ihm u.a. Cicero und Seneca von dem Zeitvertreib der Masse distanziert, allerdings in manchmal unterschiedlicher Akzentuierung.

Parallel-/Kontrasttexte: Plin. epist. 6,34; Cic. fam. 7,1
Sen. epist. 7; Aug. conf. 6, 7 f.

Lit.: N. Wilsing, Praxis des Lateinunterrichts, Stuttgart 1957, Bd. II, 101 f.

1. **tempus transmittere:** eine Zeit zubringen. – **pugillares, ium:** die Schreibtafel (aus Wachs). – **circenses** sc. ludi: Zirkusspiele im Circus Maximus. – **spectaculum:** Schauspiel. – **tenere:** fesseln, erfreuen. – **ne levissime quidem:** nicht im geringsten. – **sufficere:** ausreichen, genügen. – **2. tot milia virorum:** Der Circus Maximus hatte ursprünglich 60000, unter Konstantin 160000 Sitzplätze. Bei Wagenrennen mußten die Zwei- und Viergespanne 7 (später bis 24) Runden über die 170 m lange Rennbahn fahren. – **insistere** (c. dat): stehen auf. – **esset ratio non nulla:** es läge noch Vernunft darin, es läge noch ein Sinn darin. – **favere:** Beifall spenden. – **pannus:** Tuch, Lappen. Damit ist die farbige Tunika des Wagenlenkers gemeint. Es gab nach der Farbe der Kleidung 4 Parteien, die Weißen, Roten, Blauen und Grünen, die unter den Zuschauern ihre fanatischen Anhänger hatten. – **transferatur:** Potentialis. Plinius nimmt den theoretischen Fall an, daß während des Wettkampfes die Fahrer ihre Farben wechseln. – **agitator:** Wagenlenker. – **relinquere:** verlassen, sich abwenden. – 3. **gratia:** Beliebtheit. – **vilis, e:** billig, wertlos. – **mitto apud vulgus:** ich will nicht sagen, bei der Masse. – **homo gravis:** ein ernsthafter Mann. – **inanis:** leer, nutzlos, unwesentlich. – **frigidus:** vgl. 1, 9, 3. – **adsiduus:** immer wiederkehrend, eintönig. – **desidēre:** müßig dasitzen. – **4. collocare in:** verwenden auf. – **otiosus:** hier: müßig. – **occupatio:** Beschäftigung. – **otiosissimis occupationibus:** Oxymoron.

8. Eigene und fremde Fehler (8,22)

C. PLINIUS GEMINO SUO S.

1 Nostine hos, qui omnium libidinum servi sic aliorum vitiis irascuntur, quasi invideant, et gravissime puniunt, quos maxime imitantur? cum eos etiam, qui non indigent clementia ullius, nihil magis quam lenitas deceat. **2** Atque ego optimum et emendatissimum existimo, qui ceteris ita ignoscit, tamquam ipse cotidie peccet, ita peccatis abstinet, tamquam nemini ignoscat. **3** Proinde hoc domi, hoc foris, hoc in omni vitae genere teneamus, ut nobis implacabiles simus, exorabiles istis etiam, qui dare veniam nisi sibi nesciunt, mandemusque memoriae, quod vir mitissimus et ob hoc quoque maximus, Thrasea, crebro dicere solebat: 'Qui vitia odit, homines odit.' Quaeris fortasse, quo commotus haec scribam. **4** Nuper quidam–sed melius coram; quamquam ne tunc quidem. Vereor enim, ne id, quod improbo, consectari, carpere, referre huic, quod cum maxime praecipimus, repugnet. Quisquis ille, qualiscumque, sileatur, quem insignire exempli nihil, non insignire humanitatis plurimum refert. Vale.

In diesem Brief spricht Plinius von einer Lebenshaltung, die als humanitas in der Prinzipatsepoche weit verbreitet war. Mehr im philanthropischen Sinn bezeichnet humanitas das Verständnis für die Fehler und Schwächen des Mitmenschen. Plinius fordert nicht nur Verständnis und Hilfe dem anderen gegenüber, sondern auch dauernde Selbsterziehung und Selbstprüfung des einzelnen. Mit diesen Gedanken kommt er den Forderungen der stoischen Ethik nahe, wie sie Seneca vertreten hat.

2. emendatus: fehlerfrei, tadellos. – **vitae genus:** Lebenslage. – **3. foris** (adv.): in der Öffentlichkeit. – **implacabilis, e:** unversöhnlich, unerbittlich. – **exorabilis, e:** nachsichtig, versöhnlich. – **Thrasea:** Der Senator und Stoiker Thrasea Paetus aus Padua gehörte unter Nero zur senatorischen Opposition und wurde im Jahre 66 zum Tode verurteilt. – **nuper quidam** –: rhetorische Figur der Aposiopese. Plinius unterbricht die begonnene Formulierung. Er erweckt dadurch den Eindruck, als ob er im Augenblick überlege, daß er gerade im Begriff ist, den Fehler, den er tadelt, selber zu begehen. – **4. coram** sc. te dicam. – **improbare:** mißbilligen. – **repugnare:** im Widerspruch stehen, sich nicht vereinigen lassen. – **consectari:** verfolgen. – **carpere:** kritisieren, tadeln. – **referre:** hinterbringen, weitertragen. – **cum maxime:** besonders. – **insignire:** bezeichnen, nennen. – **exempli nihil . . . refert:** es ist für das Beispiel nichts gewonnen. –

II: Probleme der Bildung und Literatur

1. Griechenland, das Ursprungsland der Kultur (8,24)

C. PLINIUS MAXIMO SUO S.

1 Amor in te meus cogit, non ut praecipiam (neque enim praeceptore eges), admoneam tamen, ut, quae scis, teneas et observes, aut nescire melius. **2** Cogita te missum in provinciam Achaiam, illam veram et meram Graeciam, in qua primum humanitas, litterae, etiam fruges inventae esse creduntur; missum ad ordinandum statum liberarum civitatum, id est ad homines maxime homines, ad liberos maxime liberos, qui ius a natura datum virtute, meritis, amicitia, foedere denique et religione tenuerunt. **3** Reverere conditores deos et nomina deorum, reverere gloriam veterem et hanc ipsam senectutem, quae in homine venerabilis, in urbibus sacra. Sit apud te honor antiquitati, sit ingentibus factis, sit fabulis quoque. Nihil ex cuiusquam dignitate, nihil ex libertate, nihil etiam ex iactatione decerpseris. **4** Habe ante oculos hanc esse terram, quae nobis miserit iura, quae leges non victis, sed petentibus dederit, Athenas esse, quas adeas, Lacedaemonem esse, quam regas; quibus reliquam umbram et residuum libertatis nomen eripere durum, ferum, barbarum est.

L. Quinctilius Valerius Maximus wurde im Jahre 108 vom Kaiser Trajan als außerordentlicher Gesandter (legatus Augusti pro praetore) in die Provinz Achaia geschickt. Da Maximus sich schon als Quästor in der Finanzverwaltung der Provinz Bithynien große Verdienste erworben hatte, schien er geeignet, auch in Achaia verschiedene Mißstände zu beseitigen und Reformen in Verwaltung und Verfassung durchzuführen. In Anlehnung an den berühmten Brief Ciceros an seinen Bruder Quintus (ad Qu. fr. 1,1) will Plinius dem Adressaten Maximus seinen wichtigen und ehrenvollen Auftrag vor Augen halten, in Griechenland, dem Ursprungsland der Bildung und Kultur, tätig zu sein. Daraus erwächst für ihn eine besondere Verpflichtung, den Griechen seiner Zeit als Erben einer großen Vergangenheit Achtung und Milde entgegenzubringen.

Parallel-/Kontrasttext: Cic.ad Qu.fr. 1,1 (besonders §§ 27–30)

Lit.: F. Zucker, Plinius VIII 24-ein Denkmal antiker Humanität, Philol. 84, 1929, 209ff.

1. praecipere: Lehren erteilen. – **tenēre:** behalten. – **melius** sc. est. – **2. Achaia:** Unter Augustus (27. v. Chr.) wurden Mittelgriechenland und der Peloponnes unter dem Namen Achaia römische Provinz mit Korinth als Hauptstadt und Sitz des Statthalters. – **merus:** rein, echt (im Gegensatz zu Makedonien, Kleinasien und Magna Graecia). – **fruges:** Anspielung auf die Sage vom Königssohn Triptolemos aus Eleusis, der den Menschen den Ackerbau beibrachte. – **missum** sc. esse. – **ordinare:** in Ordnung bringen. – **status:** Verfassung. – **liberae civitates:** Manche griechischen Städte hatten besondere Rechte. Sie waren nicht dem Statthalter, sondern Rom selbst unterstellt (Recht der Selbstverwaltung). Außerdem brauchten sie z. T. keine Steuern zu zahlen und Truppen zu stellen. – **homines maxime homines:** In Griechenland, der Heimat der humanitas, verdienen die Menschen diesen Namen in besonderer Weise. – **ius a natura datum:** Nach der Lehre der Stoa sind alle Menschen frei. Die Bewohner der Provinz Achaia haben sich dieses Naturrecht der Freiheit durch Tüchtigkeit (virtus), Verdienste in den Perserkriegen (merita), Freundschaft mit den Römern (amicitia) und gewissenhafte Einhaltung der Verträge (foedus et religio) erhalten. – **foedere et religione:** Hendiadyoin. **3.** – **revereri:** achten, Ehrfurcht haben. – **conditores deos:** Nach Auffassung der Griechen geht die Gründung verschiedener Städte auf Götter zurück.– **fabula:** Sage.– **iactatio:** Prahlerei. Die Griechen prahlten mit dem Ruhm ihrer Vorfahren und erregten dadurch häufig den Unwillen der Römer. – **decerpere ex:** abpflücken, wegnehmen, kränken in. – **decerpseris:** Coni.prohibitivus. – Beachte die kunstvolle Verwendung von Stilfiguren in diesem Abschnitt: Anaphern (reverere; sit; nihil) und Asyndeta. – **4. iura. . . leges:** Vor der Kodifizierung der Zwölftafel-Gesetze schickte man eine Gesandtschaft nach Griechenland, die eine Abschrift griechischer Gesetze anfertigen sollte. – **umbra:** Schatten, Schein. – **residuum. . .nomen:** der Name, der (allein) noch übriggeblieben ist. – **durum, ferum, barbarum est:** Klimax. –

5 Vides a medicis, quamquam in adversa valetudine nihil servi ac liberi differant, mollius tamen liberos clementiusque tractari. Recordare, quid quaeque civitas fuerit, non ut despicias, quod esse desierit; absit superbia, asperitas. **6** Nec timueris contemptum. An contemnitur, qui imperium, qui fasces habet, nisi humilis et sordidus, et qui se primus ipse contemnit? Male vim suam potestas aliorum contumeliis experitur, male terrore veneratio adquiritur, longeque valentior amor ad obtinendum, quod velis, quam timor. Nam timor abit, si recedas, manet amor, ac sicut ille in odium, hic in reverentiam vertitur. **7** Te vero etiam atque etiam (repetam enim) meminisse oportet officii tui titulum ac tibi ipsum interpretari, quale quantumque sit ordinare statum liberarum civitatum. Nam quid ordinatione civilius, quid libertate pretiosius? **8** Porro quam turpe, si ordinatio eversione, libertas servitute mutetur! Accedit, quod tibi certamen est tecum: onerat te quaesturae tuae fama, quam ex Bithynia optimam revexisti; onerat testimonium principis; onerat tribunatus, praetura atque haec ipsa legatio quasi praemium data. **9** Quo magis nitendum est, ne in longinqua provincia quam suburbana, ne inter servientes quam liberos, ne sorte quam iudicio missus, ne rudis et incognitus quam exploratus probatusque humanior, melior, peritior fuisse videaris, cum sit alioqui, ut saepe audisti, saepe legisti, multo deformius amittere quam non adsequi laudem. **10** Haec velim credas, quod initio dixi, scripsisse me admonentem, non praecipientem; quamquam praecipientem quoque. Quippe non vereor, in amore ne modum excesserim. Neque enim periculum est, ne sit nimium, quod esse maximum debet. Vale.

5. quamquam mit Konj. vgl. 8,16,3. – **valetudo adversa:** Krankheit. – **6. contemptus:** Geringschätzung, Verachtung. – **fasces:** Rutenbündel, hohe Ehrenstellen. Die fasces waren Symbol der Amtsgewalt (potestas) eines hohen Beamten. Sie wurden ihm in der Öffentlichkeit von Liktoren vorangetragen. – **sordidus:** schmutzig, gemein. – **contumelia:** Mißhandlung, Kränkung. – **aliorum:** Gen. obiectivus. – **veneratio:** Verehrung, Achtung. – **reverentia:** Hochachtung, Verehrung. – **valens:** wirksam. – **7. officii tui titulus:** deine Amtsbezeichnung. (legatus Augusti propraetore). – **sibi interpretari:** sich klarmachen. – **civilis, e:** bürgerlich, der Bürgerschaft angemessen. – **8. porro:** ferner. – **ordinatio:** Ordnung, geordnete Verhältnisse. – **eversio** (Ggs. zu ordinatio): Umsturz. – **onerat:** Anapher. Durch glänzende Leistungen während seiner bisherigen Ämterlaufbahn hat Maximus sich einen guten Ruf erworben. Infolgedessen lastet auf ihm die Verpflichtung, die in ihn gesetzten Erwartungen nicht zu enttäuschen. – **revehere:** zurückbringen, mitbringen (infolge seiner Tätigkeit in Bithynien). – **testimonium:** Zeugnis. Trajan hatte sich offensichtlich lobend über die Leistungen des Maximus geäußert. – **legatio:** Auftrag als Legat. – **9. provincia:** Bithynia. – **suburbanus:** nahe bei der Stadt (Rom) gelegen. Im Vergleich zu Bithynien ist Achaia suburbana. – **servientes:** die Bithynier. – **sors:** Maximus ist legatus nicht durch das Los, sondern durch Wahl des Kaisers. Die Verteilung senatorischer Provinzen erfolgte durch Auslosung. Statthalter kaiserlicher Provinzen oder Legaten mit außerordentlichem Auftrag erhielten ihr Amt durch persönliche Entscheidung des Kaisers. – **rudis, e:** roh, unerfahren (am Anfang seiner Ämterlaufbahn). – **incognitus:** unbekannt (Ggs. zu exploratus). – **exploratus:** geprüft, bewährt. – **alioqui:** überhaupt. – **deformis, e:** schimpflich, entehrend. – **10. quippe** (im Hauptsatz): denn. – **excedere:** überschreiten. –

2. Die Errichtung einer höheren Schule in Comum, der Heimatstadt des Plinius (4,13)

C. PLINIUS CORNELIO TACITO SUO S.

1 Salvum in urbem venisse gaudeo; venisti autem, si quando alias, nunc maxime mihi desideratus. Ipse pauculis adhuc diebus in Tusculano commorabor, ut opusculum, quod est in manibus, absolvam. **2** Vereor enim, ne, si hanc intentionem iam in fine laxavero, aegre resumam. Interim, ne quid festinationi meae pereat, quod sum praesens petiturus, hac quasi praecursoria epistula rogo. Sed prius accipe causas rogandi, deinde ipsum, quod peto. **3** Proxime cum in patria mea fui, venit ad me salutandum municipis mei filius praetextatus. Huic ego 'Studes? ' inquam. Respondit: 'Etiam.' 'Ubi?' 'Mediolani.' 'Cur non hic?' Et pater eius (erat enim una atque etiam ipse adduxerat puerum): 'Quia nullos hic praeceptores habemus.' 'Quare nullos? **4** Nam vehementer intererat vestra, qui patres estis' (et opportune complures patres audiebant) 'libe-

Plinius richtet an den Historiker Tacitus die Bitte, sich nach geeigneten Lehrern für seine Heimatstadt Comum umzusehen. Das Interesse an Fragen der Bildung und Erziehung und damit an der Einrichtung von Schulen wächst in der Kaiserzeit ständig. Die römischen Schulen (Elementarschule, Grammatikerschule, Rhetorenschule), die sich ja aus dem griech.-hellenistischen Schulsystem entwickelt hatten, waren anfangs völlig private Einrichtungen. Jedoch wird in der Kaiserzeit das Bemühen der Gemeinden deutlich, immer mehr öffentliche Schulen einzurichten und vom Staat besoldete Lehrer anzustellen. Stiftungen begüterter Bürger gaben oft den Anstoß oder schufen die materielle Grundlage zur Errichtung einer Schule.

Parallel-/Kontrasttexte: Plin. epist. 2,18.
Quint. inst. 1,2; 2,2,4,8–14

(Lit.: G. Weigel, Probleme der röm. Pädagogik. AU, XV, Heft 3,59 ff.).

1. gaudere bzw. gaudio esse findet sich nicht selten am Anfang plinianischer Briefe. Plinius stellt mit diesen Wendungen eine affektive Verbindung mit dem Adressaten her (vgl. 2,11,1). – **si quando alias:** wenn überhaupt jemals. – **desideratus:** erwünscht, willkommen. – **pauculis adhuc diebus:** noch wenige Tage. Der temporale Ablativ ist hier an die Stelle des Akk. der zeitlichen Ausdehnung getreten. In nachklassischer Zeit häufiger (K.-St. I 360; H.-Sz. 40). – **Tusculanum:** Landgut bei Tusculum, einem Villenort in den Albanerbergen, ca. 20 km von Rom entfernt (heute Frascati). – **est in manibus:** ich habe in Arbeit. – **opusculum absolvere:** ein kleines Werk vollenden. – **2. intentio:** Anspannung, Anstrengung. – **laxare aliquid:** etw. lockern, nachlassen in etw. – **iam:** nunmehr. – **resumere:** wiederaufnehmen. – **festinatio:** Ungeduld, Wunsch nach Eile. – **ne quid. . .pereat:** damit keine Zeit verloren geht. – **praesens:** persönlich. – **praecursorius:** vorauseilend. Der Brief enthält eine Bitte, welche Plinius dem Tacitus noch persönlich mitteilen will. – **accipe** steht bei Plinius am Anfang verschiedener Briefe und dient dazu, den Kontakt mit dem Adressaten bzw. dem Leser herzustellen oder auf einen neuen Gedanken hinzuweisen (vgl. 2, 11, 1). – **3. proxime:** kürzlich. – **patria:** Heimatstadt. – **salutare:** begrüßen, seine Aufwartung machen. Es war üblich, bei einflußreichen Leuten einen offiziellen Morgenbesuch zu machen. – **municeps:** Mitbürger, Landsmann. – **praetextatus:** Adj. zur Angabe des Alters. Die freigeborenen Kinder trugen bis zum 16. oder 17. Lebensjahr die toga praetexta, die purpurverbrämte Toga. Danach legten sie die toga virilis an. – **studere:** studieren. Dieser absolute Gebrauch von studere (für litteris studere) kommt erst in nachklassischer Zeit auf. Es kann sich ebenso auf den Unterricht des grammaticus beziehen wie auf den des Rhetors. – **etiam:** ja. – **Mediolanum:** Mailand. Dort befanden sich sowohl Schulen des grammaticus, die der junge Römer bis zu Anlegung der toga virilis besuchte, als auch Schulen der Rhetoren. Der Dichter Vergil erhielt in Mailand seine Ausbildung. Augustinus hatte dort im Jahre 384 einen Rhetoriklehrstuhl. – **4. vestra intererat:** ihr hättet ein Interesse daran haben müssen. – **opportune:**

ros vestros hic potissimum discere. Ubi enim aut iucundius morarentur quam in patria aut pudicius continerentur quam sub oculis parentum aut minore sumptu quam domi? **5** Quantulum est ergo collata pecunia conducere praeceptores, quodque nunc in habitationes, in viatica, in ea, quae peregre emuntur (omnia autem peregre emuntur) impenditis, adicere mercedibus? Atque adeo ego, qui nondum liberos habeo, paratus sum pro re publica nostra, quasi pro filia vel parente, tertiam partem eius, quod conferre vobis placebit, dare. **6** Totum etiam pollicerer, nisi timerem, ne hoc munus meum quandoque ambitu corrumperetur, ut accidere multis in locis video, in quibus praeceptores publice conducuntur. **7** Huic vitio occurri uno remedio potest, si parentibus solis ius conducendi relinquatur, isdemque religio recte iudicandi necessitate collationis addatur. **8** Nam, qui fortasse de alieno neglegentes, certe de suo diligentes erunt dabuntque operam, ne a me pecuniam non nisi dignus accipiat, si accepturus et ab ipsis erit. **9** Proinde consentite, conspirate maioremque animum ex meo sumite, qui cupio esse quam plurimum, quod debeam conferre. Nihil honestius praestare liberis vestris, nihil gratius patriae potestis. Educentur hic, qui hic nascuntur, statimque ab infantia natale solum amare, frequentare consuescant. Atque utinam tam claros praeceptores inducatis, ut in finitimis oppidis studia hinc petantur, utque nunc liberi vestri aliena in loca,ita mox alieni in hunc locum confluant!'

10 Haec putavi altius et quasi a fonte repetenda, quo magis scires, quam gratum mihi foret, si susciperes, quod iniungo. Iniungo autem et pro rei magnitudine rogo, ut ex copia studiosorum, quae ad te ex admiratione ingenii tui convenit, circumspicias praeceptores, quos sollicitare possimus, sub ea tamen condicione, ne cui fidem meam obstringam. Omnia enim libera parentibus servo: illi iudicent, illi eligant, ego mihi curam tantum et impendium vindico. **11** Proinde, si quis fuerit repertus, qui ingenio suo fidat, eat illuc ea lege, ut hinc nihil aliud certum quam fiduciam suam ferat. Vale.

günstig, glücklicherweise. **hic:** in Comum. – **potissimum:** am liebsten, am ehesten. – **pudicius continere:** in besserer Zucht halten. – **sumptus:** Kosten. – **5. quantulum est:** wie wenig wäre es, welche Kleinigkeit wäre es. – **conferre:** zusammenbringen, beisteuern. – **conducere:** mieten, anstellen. – **habitatio:** Wohnung, Wohngeld. – **viaticum:** Reisegeld. – **peregre:** außerhalb der Stadt, in der Fremde. – **merces, edis:** Lohn, Gehalt. – **atque adeo:** ja sogar. – **res publica:** Gemeinde. – **parens, tis:** Mutter. – **6. munus:** Spende. – **quandoque:** irgendeinmal. – **ambitus:** Parteilichkeit, Umtriebe. – **publice:** auf Kosten der Gemeinde. Plinius fürchtet, es könnten Unregelmäßigkeiten eintreten, wenn der Gemeinde allein das Recht der Auswahl zustände. Werden die Eltern an den Kosten beteiligt, so werden sie auch größeres Interesse für die Auswahl der Lehrer und die Ausbildung ihrer Kinder zeigen. – **7. ius conducendi:** Anstellungsrecht. – **religio:** gewissenhafte Sorgfalt, Verpflichtung. – **necessitas collationis:** der Zwang des Kostenbeitrages. – **8. alienum:** fremdes Eigentum, fremdes Geld (Ggs. zu suum). – **et** = etiam. – **9. conspirare:** gemeinsam handeln. – **animum sumere:** Mut fassen. – **ex meo** (sc. animo). – **praestare:** erweisen. – **natale solum:** Heimatboden, Geburtsort. – **frequentare:** häufig besuchen, bewohnen. – **inducere:** berufen. – **studia petere:** Studien betreiben. – **10. altius repetere:** vgl. 2, 6, 1. – **a fonte** (von der Quelle her) von Grund auf. – **iniungere:** auferlegen, auftragen (vgl. 2, 11, 19). – **studiosus:** Student. – **circumspicere aliquem:** sich umblicken nach. – **sollicitare** hier: veranlassen, auffordern (zur Meldung). – **fidem obstringere:** ein sicheres Versprechen geben, eine verpflichtende Zusage machen. – **libera servare:** frei halten, freie Hand lassen. – **cura** (jurist. term. techn.): Fürsorge, Aufsicht. – **impendium:** Aufwand, Kosten. – **sibi vindicare** (jur. term. techn.): für sich beanspruchen. – **ea lege**=ea condicione. – **fiducia** (sc. sui): Selbstvertrauen. – **ferre** (sc. secum): mitnehmen. –

3. Wert der Geschichtsschreibung (5,8)

C. PLINIUS TITINIO CAPITONI SUO S.

1 Suades, ut historiam scribam, et suades non solus: multi hoc me saepe monuerunt et ego volo, non quia commode facturum esse confidam (id enim temere credas nisi expertus), sed quia mihi pulchrum in primis videtur non pati occidere, quibus aeternitas debeatur, aliorumque famam cum sua extendere. **2** Me autem nihil aeque ac diuturnitatis amor et cupido sollicitat, res homine dignissima, eo praesertim, qui nullius sibi conscius culpae posteritatis memoriam non reformidet. **3** Itaque diebus ac noctibus cogito, si 'qua me quoque possim tollere humo'; id enim voto meo sufficit, illud supra votum 'victorque virum volitare per ora'; 'quamquam o—': sed hoc satis est, quod prope sola historia polliceri videtur. **4** Orationi enim et carmini parva gratia, nisi eloquentia est summa: historia quoquo modo scripta delectat. Sunt enim homines natura curiosi, et quamlibet nuda rerum cognitione capiuntur, ut qui sermunculis etiam fabellisque ducantur. Me vero ad hoc studium impellit domesticum quoque exemplum. **5** Avunculus meus idemque per adoptionem pater historias et quidem religiosissime scripsit. Invenio autem apud sapientes honestissimum esse maiorum vestigia sequi, si modo recto itinere praecesserint. Cur ergo cunctor? **6** Egi magnas et graves causas. Has, etiamsi mihi tenuis ex iis spes, destino retractare, ne tantus ille labor meus, nisi hoc, quod reliquum est studii, addidero, mecum pariter intercidat. **7** Nam, si rationem posteritatis habeas, quidquid non est peractum, pro non incohato est. Dices: 'Potes simul et rescribere actiones et

In epist. 5,8 äußert sich Plinius zustimmend zu dem Vorschlag des Schriftstellers Titinius Capito, doch auch ein historisches Werk zu verfassen. Denn er sieht in der Geschichtsschreibung eine sichere Möglichkeit, durch Darstellung berühmter Männer selbst Ruhm und Unsterblichkeit zu erlangen. Ebenso wie sein Lehrer Quintilian (inst. 10, 1, 31) ordnet Plinius die Geschichtsschreibung zwischen Beredsamkeit und Dichtung ein. Dieser Brief gibt nicht nur Aufschluß über Plinius' Auffassung zu verschiedenen literarischen Problemen. Manche seiner Bemerkungen dienen auch der Selbstdarstellung und sollen dem Leser ein bestimmtes Bild von seiner Tätigkeit und Bedeutung als Redner in Prozessen vermitteln.

Parallel-/Kontrasttext: Cic. fam. 5,12

1. commode: angemessen, zufriedenstellend. – **temere** (adv.): leichtsinnig. – **nisi expertus** (vgl. A. Otto, Sprichwörter 127): wenn man es noch nicht versucht hat. – **famam extendere:** Ruhm verbreiten. – **2. diuturnitas:** lange Dauer (des Fortlebens), Unsterblichkeit. Der Wunsch, durch seine literarischen Werke weiterzuleben, taucht immer wieder in den Briefen des Plinius auf. Dieses zentrale Anliegen hat er mit vielen römischen Schriftstellern, besonders mit Cicero, gemeinsam (vgl. fam. 5, 12, 1: neque enim me solum commemoratio posteritatis ad spem quandam immortalitatis rapit sed etiam illa cupiditas. vgl. Sh-Wh 333). – **eo** = homine. – **reformidare:** fürchten, scheuen. – **3. diebus ac noctibus** (vgl. zu 4, 13, 1). – **tollere humo:** vom Boden erheben. – **sufficere:** ausreichen, genügen. Die beiden Zitate stammen aus Verg. georg. 3,8 f., die Fortsetzung (. .quamquam o. .) aus Aen. 5, 195. – **virum** = virorum. – **historia:** Geschichtsschreibung. **4. eloquentia** hier: Ausdrucksfähigkeit. – **curiosus:** wißbegierig, neugierig. – **nudus:** kunstlos, einfach. Selbst die einfachste historische Darstellung übt nach Meinung des Plinius ihre Anziehung auf den Leser aus, während Rede und Dichtung eine sorgfältige sprachliche Ausgestaltung erfordern. – **rerum cognitio:** das Kennenlernen, die Darstellung von Ereignissen. – **sermunculus** (sermo): Geschwätz, Klatschgeschichte. – **fabella:** Fabel, Märchen. – **ducere:** anziehen, fesseln. – **5. avunculus:** Plinius der Ältere (vgl. epist. 3,5). Seine wichtigsten Werke sind die Naturalis historia (37 Bücher) und eine (nicht mehr erhaltene) Geschichte über die Kriege der Römer in Germanien (Bella Germaniae), welche die wichtigste Quelle für Tacitus' Germania war. Plinius der Ältere kam i. J. 79 n. Chr. beim Ausbruch des Vesuvs ums Leben (vgl. epist. 6,16; 6,20). – **domesticus:** aus der Familie. – **religiosus:** gewissenhaft. – **6. causas agere:** Prozesse führen. – **destinare:** sich fest vornehmen, beabsichtigen. – **tenuis, e:** schwach, gering. – **retractare:** überarbeiten. Plinius erwähnt mehrfach in seinen Briefen, daß er seine Prozeßreden überarbeitet und anschließend veröffentlicht habe (vgl. Sh.-Wh. 334; vgl. auch Cicero). – **7. rationem habere:** Rücksicht nehmen. – **pro non incohato est:** gilt als nicht begonnen. – **rescribere actiones:** Prozeßreden überarbeiten. –

componere historiam.' Utinam! sed utrumque tam magnum est, ut abunde sit alterum efficere. **8** Unodevicesimo aetatis anno dicere in foro coepi, et nunc demum, quid praestare debeat orator, adhuc tamen per caliginem video. **9** Quid si huic oneri novum accesserit? Habet quidem oratio et historia multa communia, sed plura diversa in his ipsis, quae communia videntur. Narrat illa, narrat haec, sed aliter: huic pleraque humilia et sordida et ex medio petita, illi omnia recondita, splendida, excelsa conveniunt; **10** hanc saepius ossa, musculi, nervi, illam tori quidam et quasi iubae decent; haec vel maxime vi, amaritudine, instantia, illa tractu et suavitate atque etiam dulcedine placet; postremo alia verba, alius sonus, alia constructio. **11** Nam plurimum refert, ut Thucydides ait, *κτῆμα* sit an *ἀγώνισμα*; quorum alterum oratio, alterum historia est. His ex causis non adducor, ut duo dissimilia et hoc ipso diversa, quo maxima, confundam misceamque, ne tanta quasi colluvione turbatus ibi faciam, quod hic debeo; ideoque interim veniam, ut ne a meis verbis recedam, advocandi peto. **12** Tu tamen iam nunc cogita, quae potissimum tempora adgrediar. Vetera et scripta aliis? Parata inquisitio, sed onerosa collatio. Intacta et nova? Graves offensae, levis gratia. **13** Nam praeter id, quod in tantis vitiis hominum plura culpanda sunt quam laudanda, tum, si laudaveris, parcus, si culpaveris, nimius fuisse dicaris, quamvis illud plenissime, hoc restrictissime feceris. **14** Sed haec me non retardant; est enim mihi pro fide satis animi: illud peto, praesternas, ad quod hortaris, eligasque materiam, ne mihi iam scribere parato alia rursus cunctationis et morae iusta ratio nascatur. Vale.

abunde: mehr als genug. – **8. praestare:** leisten. Mit 19 Jahren sprach Plinius zum erstenmal vor Gericht. Es handelte sich um das Centumviralgericht, vor dem Privatsachen verhandelt wurden. – **per caliginem:** wie durch einen Nebel. Mit dieser Wendung will Plinius die Schwierigkeit des Erkennens bezeichnen. **9. sordidus:** schmutzig gewöhnlich. – **ex medio petere**: aus dem Alltagsleben holen. – **reconditus**: entlegen, abgelegen. – **excelsus**: erhaben. – **convenire** (c.dat.): passen zu. – **10. musculus**: Muskel. – **nervus**: Sehne. – **torus**: Fleischpolster. – **iuba**: Mähne, Federbusch. Bei der Rede ist eine gedrängte Kürze angemessen, an welcher man gleichsam alle Muskeln, Knochen und Nerven sehen kann. Die Geschichtsschreibung dagegen erfordert eine vollere Darstellung, wo die Muskeln und Knochen gleichsam durch das vollere Fleisch und durch die Mähne (durch einen Federbusch) bedeckt werden (vgl. Quint. inst. 10,1,33: licet . . .in digressionibus uti vel historico. . .nitore dum. . . meminerimus non athletarum toris, sed militum lacertis opus esse. vgl. Sh-Wh 335). – **vel maxime**: vor allem, ganz besonders. – **amaritudo**: Bitterkeit, Herbheit. **instantia**: Heftigkeit (vgl. auch 3,5,18). – **tractus**: ruhige Darstellung, ausführliche Darstellung. – **sonus**: Ton. – **constructio**. Satzbau. – **11**. Die beiden folgenden Begriffe: *κτῆμα* (*εἰς ἀεί*): Besitz (für immer) und *ἀγώνισμα*: vergängliches Prunkstück sind Thukydides (1,22,4) entnommen. Der griechische Geschichtsschreiber Thukydides (460–400 v. Chr.) hatte die Absicht, mit seinem Werk über den Peloponnesischen Krieg einen „dauernden Besitz" und kein „Prunkstück für den Augenblick" zu schaffen. – **colluvio**: Wirrwarr, Gemisch. – **ut ne** = verstärktes ne. – **ne meis verbis recedere**: nicht von meinen Worten abweichen, bei meinen Worten bleiben. – **venia advocandi**: Aufschub, um sich zu beraten. Der Angeklagte hatte das Recht, den Prätor um eine Frist zu bitten, in der er sich mit seinen Freunden, die er dazu berief (advocati), beraten konnte. Daher hieß jene Frist selbst advocatio (vgl. Döring I 290 f.). – **12. aliis**. dat. auct. – **inquisitio**: Erforschung. – **collatio**: Vergleich. – **onerosus**: lästig, beschwerlich. Die Bearbeitung der alten Geschichte bringt wenig Ruhm, da sie schon von anderen Historikern genügend erforscht ist. Zudem ist ein Vergleich der früheren Darstellungen wegen der Fülle verschiedener, oft gegensätzlicher Schilderungen sehr schwierig. – **offensa** (= nachklassisch für offensio): Anstoß, Beleidigung. Bei den Zeiten, deren Geschichte noch nicht behandelt ist (intacta), handelt es sich um die flavische Zeit. Die kritische Erwähnung noch lebender Personen konnte für den Historiker mit Schwierigkeiten oder Gefahren verbunden sein. – **gratia levis**: geringer Dank. – **13. culpare**: tadeln. – **parcus**: sparsam, zurückhaltend. – **nimius**: maßlos. – **restrictus**: sparsam, vorsichtig. – **14. pro fide**: meiner Aufrichtigkeit entsprechend. – **praesternere**: den Weg ebnen. –

4. Plinius' Begegnung mit dem stoischen Philosophen Euphrates (1,10)

C. PLINIUS ATTIO CLEMENTI SUO S.

1 Si quando urbs nostra liberalibus studiis floruit, nunc maxime floret. **2** Multa claraque exempla sunt; sufficeret unum, Euphrates philosophus. Hunc ego in Syria, cum adulescentulus militarem, penitus et domi inspexi, amarique ab eo laboravi, etsi non erat laborandum. Est enim obvius et expositus, plenusque humanitate quam praecipit. **3** Atque utinam sic ipse, quam spem tunc ille de me concepit, impleverim, ut ille multum virtutibus suis addidit! aut ego nunc illas magis miror, quia magis intellego. **4** Quamquam ne nunc quidem satis intellego; ut enim de pictore, scalptore, fictore nisi artifex iudicare, ita nisi sapiens non potest perspicere sapientem. **5** Quantum tamen mihi cernere datur, multa in Euphrate sic eminent et elucent, ut mediocriter quoque doctos advertant et adficiant. Disputat subtiliter, graviter, ornate, frequenter etiam Platonicam illam sublimitatem et latitudinem effingit. Sermo est copiosus et varius, dulcis in primis, et qui repugnantes quoque ducat, impellat. **6** Ad hoc proceritas corporis, decora facies, demissus capillus, ingens et cana barba; quae licet fortuita et inania putentur, illi tamen plurimum venerationis adquirunt. **7** Nullus horror in cultu, nulla tristitia, multum severitatis; reve-

In epist. 1,10 zeichnet Plinius ein Portrait des stoischen Philosophen Euphrates. Schon während seines Militärtribunates in Syrien hat ihn die Persönlichkeit des Euphrates stark beeindruckt. Plinius stellt in den Mittelpunkt seiner Betrachtungen nicht die philosophischen Lehren, sondern den Menschen Euphrates, der für ihn und seinen Freundeskreis in vielen Dingen ein Vorbild ist.

1. urbs nostra = Rom. – **liberalia studia:** Künste und Wissenschaften. Gemeint ist die einem Freien angemessene Beschäftigung mit Kunst und Wissenschaft, als artes liberales (Grammatik, Dialektik, Rhetorik, Arithmetik, Geometrie, Astronomie, Musik) schon in der Kaiserzeit ein fester Begriff. – **nunc:** Zur Regierungszeit Nervas (96–98) herrschte wieder Lehr- und Redefreiheit, die ja unter dem Tyrannen Domitian eingeschränkt war. Auch die Philosophen durften unter Nerva aus der Verbannung zurückkehren. –

2. Euphrates: Stammte aus Tyros und war einer der angesehendsten stoischen Philosophen seiner Zeit. Er wirkte lange Zeit in Syrien, bis er durch Vespasian nach Rom kam. Gestorben 118 n. Chr. – **adulescentulus militarem:** Im Alter von ca. 20 Jahren befand sich Plinius als Militärtribun mit der legio III Gallica in Syrien. – **penitus** (adv.) **inspicere:** genau (im Innersten) kennenlernen. – **laborare:** sich bemühen. – **obvius:** entgegenkommend. – **expositus:** zugänglich. – **praecipere:** vorschreiben, lehren. Plinius betont hier, daß Euphrates die Lehren, die er vertrete, auch in seinem Leben verwirkliche. – **3. spem concipere de aliquo:** Erwartungen in jmd. setzen. – **4. quamquam** (im Hauptsatz): freilich. – **scalptor:** Gemmenschneider. – **fictor** (fingere): Bildhauer, Bildschnitzer. – **5. mediocriter doctus:** mäßig gebildet. – **advertere:** die Aufmerksamkeit (jmd.) auf sich ziehen. – **adficere:** Eindruck machen. – **subtiliter** (einfach), **graviter** (eindringlich), **ornate** (geschmackvoll): Term. techn. der Rhetorik. Ein guter Redner muß das genus subtile (die einfache Redeweise), das genus grave (die erhabene Redeweise) und das genus ornatum (eine Redeweise, die mit verschiedenen Gedanken- und Wortfiguren geschmückt ist) beherrschen. Den drei genera dicendi sind die drei Aufgaben des Redners zugeordnet. Das probare, delectare und movere. – **sublimitas:** Erhabenheit. – **latitudo:** Reichtum des Ausdrucks. Die lobende Schilderung der Redekunst des Euphrates erreicht ihren Höhepunkt mit dem Hinweis auf den griechischen Philosophen Platon (427–347), dessen Schriften sich durch eine großartige Bildhaftigkeit der Sprache auszeichnen. – **copiosus:** gedankenreich. – **dulcis, e:** freundlich. – **et qui:** konsek. Relativsatz. **impellere** (verstärkend gegenüber ducere): fortreißen. – **6. proceritas:** hoher Wuchs. – **facies, iei:** Aussehen, Gesicht. – **demissus:** herabhängend. – **canus:** grau. Der Bart galt als charakteristisches Zeichen der Philosophen. – **licet** c. coni.: wenn auch. – **adquirere:** dazu erwerben, gewinnen. – **7. horror:** Entsetzen; das, was Entsetzen verursacht: das Abstoßende. – **cultus:** die Pflege (die sich auf das ganze äußere Leben richtet), äußere Erscheinung. Manche Philosophen vernachlässigten ihr Äußeres, um so zu dokumentieren, daß sie allein die Tugend für erstrebenswert hielten. Dazu gehörten vor allem die sehr zahlreichen Kyniker, die in der Kaiserzeit als Bettlerphilosophen das römische Reich durchwanderten. Durch Nichtachtung der Konventionen zeigten sie ihre Gleichgültigkeit gegen die gewöhnlichen Werte des Lebens. – **tristi-**

rearis occursum, non reformides. Vitae sanctitas summa; comitas par: insectatur vitia, non homines, nec castigat errantes, sed emendat. Sequaris monentem attentus et pendens, et persuaderi tibi, etiam cum persuaserit, cupias. **8** Iam vero liberi tres, duo mares, quos diligentissime instituit. Socer Pompeius Iulianus, cum cetera vita tum vel hoc uno magnus et clarus, quod ipse provinciae princeps inter altissimas condiciones generum non honoribus principem, sed sapientia elegit.

9 Quamquam quid ego plura de viro, quo mihi frui non licet? an ut magis angar, quod non licet? Nam distringor officio, ut maximo sic molestissimo: sedeo pro tribunali, subnoto libellos, conficio tabulas, scribo plurimas, sed inlitteratissimas litteras. **10** Soleo non numquam (nam id ipsum quando contingit!) de his occupationibus apud Euphraten queri. Ille me consolatur, adfirmat etiam esse hanc philosophiae et quidem pulcherrimam partem, agere negotium publicum, cognoscere, iudicare, promere et exercere iustitiam, quaeque ipsi doceant, in usu habere. **11** Mihi tamen hoc unum non persuadet, satius esse ista facere quam cum illo dies totos audiendo discendoque consumere. Quo magis te, cui vacat, hortor, cum in urbem proxime veneris (venias autem ob hoc maturius), illi te expoliendum limandumque permittas. **12** Neque enim ego, ut multi, invideo aliis bono, quo ipse careo, sed contra: sensum quendam voluptatemque percipio, si ea, quae mihi denegantur, amicis video superesse. Vale.

tia: der finstere Ernst, das Finstere. Das Wort tristitia wird oft vom übertriebenen Ernst (severitas) gebraucht. Es steht hier pointiert neben severitas, so daß der feine Unterschied sehr klar hervortritt. Tristitia wird nicht selten als Eigenschaft der Stoiker genannt (z. B. Quint. inst. proem. 1,15). – **reformidare:** zurückschaudern, scheuen, fürchten. – **occursus, us:** Begegnung. – **vitae sanctitas:** untadeliger Lebenswandel, Rechtschaffenheit. – **comitas:** Freundlichkeit, Güte. – **insectari:** verfolgen. – **castigare:** zurechtweisen. – **emendare:** verbessern, bessern. Euphrates sieht im anderen den irrenden Menschen, um dessen sittliche Vervollkommnung (emendare) er sich bemüht. Hier wird eine optimistische Auffassung vom Menschen sichtbar, die nicht nur für Euphrates charakteristisch ist, sondern auch ein Grundzug der kaiserzeitlichen Stoa überhaupt ist. – **attentus et pendens:** mit gespannter Aufmerksamkeit. – **8. mas, maris:** männlich. – **instituere:** unterweisen, erziehen. – **socer, eri:** Schwiegervater. – **gener, eri:** Schwiegersohn. – **provincia:** Syrien. – **condicio:** Antrag, Heiratsvertrag, Heiratsbewerber. – **altus:** hoch, hochgestellt, vornehm. – **9. quid ego** sc. dicam. – **angere:** beunruhigen, quälen. – **distringere:** vielseitig beschäftigen, in Anspruch nehmen. – **officium:** öffentliches Amt. Als praefectus aerarii Saturni hatte Plinius den Staatsschatz zu verwalten und verschiedene Prozesse zu führen. – **sedere pro tribunali:** zu Gericht sitzen. – **libellos subnotare:** Bittschriften unterzeichnen. – **tabulas conficere:** Rechnungsbücher abschließen. – **inlitteratus:** unwissenschaftlich. – **10. Euphraten:** griech. Akk. – **agere negotium publicum:** ein öffentliches Amt bekleiden. Der Ausdruck wird durch die folgenden Infinitive näher erläutert. – **cognoscere** (absolut gebraucht): eine gerichtliche Untersuchung anstellen. – **promere:** hervorholen. – **ipsi** – Philosophen. – **in usu habere:** in die Praxis umsetzen. Auch in der Kaiserzeit gilt die Tätigkeit im Dienste der Menschen mehr als eine nur kontemplative Lebensweise. Dabei sollen die Forderungen der Philosophen, besonders hinsichtlich der Gerechtigkeit, in der menschlichen Gemeinschaft verwirklicht werden. – **11. satius est:** vgl. 1,9,8. – **vacat** (c. dat.): jmd. hat freie Zeit. – **proxime:** nächstens. – **maturus:** schnell. – **expolire:** glätten, verfeinern. – **limare:** feilen. – **se permittere:** sich überlassen. – **12. invidere alicui aliqua re:** jmd. um etw. beneiden. – **contra** (adv.) im Gegenteil. – **sensus, us:** Geschmack. – **percipere:** empfinden. – **superesse:** reichlich vorhanden sein.

III. Plinius als Anwalt in berühmten Prozessen seiner Zeit

1. Der Staatsprozeß (Repetundenprozeß) gegen Marius Priscus, Statthalter der Provinz Africa (2,11; 2,12)

C. PLINIUS ARRIANO SUO S.

1 Solet esse gaudio tibi, si quid acti est in senatu dignum ordine illo. Quamvis enim quietis amore secesseris, insidet tamen animo tuo maiestatis publicae cura. Accipe ergo, quod per hos dies actum

Thema von Brief 2,11 ist der Repetundenprozeß, den die Bewohner der Provinz Africa gegen ihren früheren Statthalter Marius Priscus anstrengen. Der Ausdruck „pecuniae repetundae" ist eine unbestimmte und euphemistische Kennzeichnung verschiedener Willkürmaßnahmen und Gewalttaten römischer Verwaltungsbeamter in den Provinzen. Er bezeichnet ursprünglich nicht das begangene Verbrechen, sondern nur dessen Wiedergutmachung. Zur Zeit der Republik fielen die Repetundenvergehen ab 149 in die Kompetenz der quaestiones perpetuae, der ständigen Geschworenengerichte. Jeder unbescholtene römische Bürger hatte das Recht, die Funktion eines Anklägers zu übernehmen. Den Vorsitz hatte ein Prätor oder ein dafür zuständiger iudex quaestionis. Die rechtlichen Bestimmungen, nach denen die Repetundenvergehen geahndet wurden, änderten sich mehrfach im Laufe der Zeit.

Die bei Plinius beschriebenen Repetundenprozesse fanden vor dem Senat statt. Das Verfahren dieser Prozesse ist uns durch das 5. Edikt aus Kyrene bekannt. Es hat nach dem Konsul C. Calvisius Sabinus, der dieses senatus consultum im Jahre 4 v. Chr. beantragt hatte, den Namen S C Calvisianum. Das S C Calvisianum kam den Provinzialen entgegen, indem es das Verfahren der Repetundenklagen vereinfachte und somit beschleunigte. Die Provinzialen konnten sich persönlich an einen Magistrat wenden, der das ius referendi hatte, um dort gegen die ehemaligen Provinzbeamten Anzeige zu erstatten. Dieser Beamte berief möglichst schnell den Senat und führte die Kläger vor. Der Senat ernannte auf Vorschlag der Provinzialen Advokaten, die ihre Interessen vertreten sollten. In dieser Senatssitzung erlöste dann derselbe Magistrat eine Kommission von fünf Senatoren, welche die Beschuldigun-

gen im Einzelfall zu prüfen hatte. Dieser Ausschuß, der richterliche Funktionen besaß, hatte die Aufgabe, innerhalb von 30 Tagen die Angeklagten zu vernehmen und ein Urteil zu finden, das zur Rückerstattung der unrechtmäßig erworbenen Gelder an die Kläger führte. Da aber ein Teil der Vergehen Kapitalverbrechen waren, war für diese der Gesamtsenat zuständig, Die Hauptverhandlung fand im Jahre 100 in Anwesenheit des Kaisers Trajan an drei aufeinanderfolgenden Tagen statt.
Plinius verfolgt mit epist. 2,11 u. a. das Ziel, dem Adressaten und den Lesern dieses Briefes zu einem besseren Verständnis seiner Rede zu verhelfen, die er in diesem Prozeß als Ankläger gehalten hat. Die zahlreichen Aussagen, die er zu sich selbst als Anwalt und Redner macht, sollen dem Leser ein möglichst umfassendes Bild von der Bedeutung seiner Rede machen. Der Leser dieses Briefes wird gelegentlich sowohl durch das, was Plinius berichtet, als auch durch manche seiner Formulierungen an Cicero erinnert, den großen Anwalt und Redner in Repetundenprozessen seiner Zeit. Plinius sucht dem Leser dieses Briefes ein Bild zu vermitteln, das dem seines Vorbildes Cicero möglichst ähnlich ist.

Lit.: H. Pflips, Ciceronachahmung und Ciceroferne des jüngeren Plinius. Ein Kommentar zu den Briefen des Plinius über Repetundenprozesse (epist. 2,11; 2,12; 3,9; 4,9; 5,20; 6,13; 7,6). Diss. Münster 1973, 14–192; 395–404

1. esse gaudio: vgl. 4,13,1. – **si quid acti est** (Ausdruck des kaiserzeitlichen Sprachgebrauchs) = si quid actum est. – **secedere:** vgl. 1,9,3. – **insidere** (c. Dat.): seinen Sitz haben in etw., wohnen in. – **maiestas publica** = maiestas rei publicae: Ansehen des Staates. – **accipe:** vgl. 4,13,2. – . . . **quod . . . actum est:** Dieser Ausdruck wird erläutert durch das folgende asyndetische Trikolon, wobei das zweite Glied (severitate exempli salubre) zum ersten (personae claritate famosum) chiastisch steht, ein Beispiel dafür, wie Plinius den Schluß eines Gedankenabschnittes besonders kunstvoll gestaltet. Auch die Art, wie Plinius Klauseln verwendet, unterstreicht diese Beobachtung.

insidet tamen animo tuo maiestatis publicae cura. I
Accipe ergo quod per hos dies actum est, I
personae claritate famosum, I
severitate exempli salubre, III
rei magnitudine aeternum. I

est, personae claritate famosum, severitate exempli salubre, rei magnitudine aeternum. **2** Marius Priscus accusantibus Afris, quibus pro consule praefuit, omissa defensione iudices petiit. Ego et Cornelius Tacitus, adesse provincialibus iussi, existimavimus fidei nostrae convenire notum senatui facere excessisse Priscum immanitate et saevitia crimina, quibus dari iudices possent, cum ob innocentes condemnandos, interficiendos etiam, pecunias accepisset. **3** Respondit Fronto Catius deprecatusque est, ne quid ultra repetundarum legem quaereretur, omniaque actionis suae vela, vir movendarum lacrimarum peritissimus, quodam velut vento miserationis implevit. **4** Magna contentio, magni utrimque clamores, aliis cognitionem senatus lege conclusam, aliis liberam solutamque dicentibus, quantumque admisisset reus, tantum vindicandum. **5** Novissime consul designatus Iulius Ferox, vir rectus et

Der Gebrauch der Klausel I am Ende des Satzes (publicae cura) und im folgenden Kolon (hos dies actum est) unterstreicht den engen gedanklichen Zusammenhang: Die Sorge des Arrianus um das Ansehen des Staates veranlaßt Plinius, ihm ein wichtiges Ereignis aus Rom mitzuteilen (per hos dies actum est). Bei dem dreigliedrigen Asyndeton ist der Rhythmuswechsel im mittleren Kolon (severitate exempli salubre = Klausel III) sehr auffällig. Außerdem wird in diesem mittleren Glied durch die chiastische Stellung zum vorhergehenden, mit dem es die gleiche Silbenzahl aufweist, und zum folgenden kürzeren Kolon der Parallelismus in der Folge von Genitiv und Ablativ unterbrochen. Die Variation in der Klausel geht so mit der Variation in der Wortstellung am Anfang dieser Kola zusammen. – **famosus:** aufsehenerregend. – **aeternus:** historisch. Plinius glaubt, daß er durch Aufnahme in literarische Geschichtsschreibungen weiterleben werde. – **2. Marius Priscus:** Er stammte aus der Provinz Baetica und verwaltete im Jahre 97/98 als Prokonsul die Provinz Africa. Die Bewohner dieser Provinz, genauer die Einwohner von Lepcis, erstatteten vor den Konsuln Anzeige gegen ihn. – **defensionem omittere:** auf eine Verteidigung verzichten. Damit nicht noch weitere schwere Vergehen vor dem Gesamtsenat zur Sprache kämen, verzichtete Marius Priscus auf eine Verteidigung. – **iudices petere:** um die Einsetzung einer Senatskommission bitten. Die Senatskommission der fünf Richter war für leichtere Vergehen zuständig und hatte auch die Aufgabe, die Höhe der Geldstrafe festzusetzen. – **Ego et Cornelius Tacitus:**

Plinius und Tacitus wurden nach den Bestimmungen des S C Calvisianum den Provinzialen als Patrone zugeteilt. – **adesse** (c. dat.): vor Gericht beistehen, verteidigen. Plinius interpretiert die von ihm übernommene Anklage als Verteidigung der Interessen der geschädigten Provinzbewohner. – **fidei nostrae convenire:** unsere Gewissenhaftigkeit verlange es. – **excedere** (c. acc.): hinausgehen über. – **crimen, inis**=scelus. Bei Cicero nur in der Bedeutung: Anschuldigung. – **saevitia:** Grausamkeit. – **immanitas:** Unmenschlichkeit. – **ob:** für, als Bezahlung für. Nach Meinung der Ankläger Plinius und Tacitus handelt es sich bei den Taten des Marius Priscus um Kapitalvergehen, für die der Gesamtsenat kompetent war. – **3. Fronto Catius:** (Inversion des Gentilnamens, vgl. H. – Sz. 410). Consul suffectus des Jahres 96; unter Domitian, Nerva und Trajan als Anwalt tätig. – **repetundae** sc. pecuniae: die wiederzuerstattenden Gelder, Erpressung. – **ne quid ultra . . .:** Der Anwalt des Marius Priscus verfolgt das Ziel, die von Plinius und Tacitus geforderte Verhandlung vor dem Gesamtsenat zu verhindern. Nach seiner Meinung sind die Vergehen nur als Repetundendelikte zu qualifizieren. – **actio:** Rede, Plädoyer. – **vela implere:** die Segel anfüllen. Die Rede des Fronto Catius vor dem Senat gleicht einem Schiff, das mit vollen Segeln fährt. Diese metaphorische Wendung bedeutet also eine große und kunstreiche Rede halten. –

Klauseluntersuchung zu 2,11,3

Respondit Fronto Catius dēprĕcātūsque ēst, I
ne quid ultra repetundarum legem quaērĕrētŭr, III
omniaque actionīs sŭāē vēlă I
vir movendarum lacrimarūm pĕrītīssĭmūs II
quodam velut vento miseratiōnĭs īmplēvĭt. I

Der Rhythmus der Periode ist bestimmt durch die Klausel I, die das erste und letzte Kolon abschließt und dadurch einen Rahmen bildet. Genau in der Mitte der Periode steht ebenfalls die Klausel I. Einer Eintönigkeit ist dadurch vorgebeugt, daß der Rhythmus am Ende des zweiten (Klausel III) und des vierten Kolons (Klausel II) variiert wird. – **4. contentio:** Streit. – **cognitio:** (gerichtliche) Untersuchung. – **concludere:** abschließen, begrenzen. – **admittere** (absolut gebraucht): ein Verbrechen begehen. – **vindicare:** bestrafen. – **5. novissime:** zuletzt, schließlich (in der Aufzählung). – **Iulius Ferox:** Consul suffectus des Jahres 99. Später Statthalter sanctus, Mario quidem iudices interim censuit dandos, evocandos autem, quibus diceretur innocentium poenas vendidisse. **6** Quae sententia non praevaluit modo, sed omnino post tantas dissensiones fuit sola frequens, adnotatumque experimentis, quod favor et misericordia acres et vehementes primos impetus habent, paulatim consilio et ratione quasi restincta considunt. **7** Unde evenit, ut, quod multi clamore permixto tuentur, nemo tacentibus ceteris dicere velit; patescit enim, cum separaris a turba, contemplatio rerum, quae turba teguntur. **8** Venerunt, qui adesse erant iussi, Vitellius Honoratus et Flavius Marcianus; ex quibus Honoratus trecentis milibus exsilium equitis Romani septemque amicorum eius ultimam poenam, Marcianus unius equitis Romani septingentis milibus plura supplicia arguebatur emisse; erat enim fustibus caesus, damnatus in metallum, strangulatus in carcere. **9** Sed Honoratum cognitioni senatus mors opportuna subtraxit, Marcianus inductus est absente Prisco. Itaque Tuccius Cerialis consularis iure senatorio postulavit, ut Priscus certior fieret, sive quia miserabiliorem, sive quia invidiosiorem fore arbitrabatur, si praesens fuisset, sive (quod maxime credo), quia aequissimum erat commune crimen ab utroque defendi, et, si dilui non potuisset, in utroque puniri.

in Asien. Der Kompromißvorschlag entsprach zwar nicht den Bestimmungen des S C Calvisianum, fand jedoch die Billigung des Senates. – **sanctus:** untadelig, gewissenhaft. – **evocare:** vorladen. – **poenas innocentium vendere:** die Bestrafung Unschuldiger verkaufen. – **6. sententia:** Antrag. – **praevalere:** sich durchsetzen, die Oberhand gewinnen. – **frequens:** von dem Antrag (sententia), der viele Stimmen auf sich vereinigt. – **adnotare:** von etwas Notitz nehmen, bemerken, beobachten. – **quod:** anstelle eines a.c.i. (nachklassisch. K.St.II,274e). – **primos impetus habere:** anfangs auflodern. In dieser Metapher vergleicht Plinius die Gefühle und Leidenschaften mit einem Feuer, das zunächst heftig aufflackert, dann aber eingedämmt wird und sich legt. – **restinguere:** löschen, dämpfen. —**considere:** nachlassen, sich legen. —**7. tueri aliquid:** etwas vertreten, verteidigen. —**patescit ... contemplatio rerum:** der Blick öffnet sich für eine (ruhige) Betrachtung der Lage. —**turba:** Masse. — **8. adesse aliquem iubere** = evocare. — **ultima poena:** Todesstrafe. — **trecentis milibus** sc. sestertiorum. — **plura supplicia:** mehrfache Bestrafung. — **fustis, is:** Knüppel, Stock. Die körperliche Züchtigung eines römischen Bürgers stellte einen schweren Rechtsbruch dar. — **metallum:** Bergwerk. — **damnare in:** verurteilen zu. Finaler Gebrauch der Präposition in bei Verben des Gerichtswesens (K.-St. I,467). Die Strafe der Zwangsarbeit in Bergwerken kam erst in der Kaiserzeit auf. Sie wurde auf Lebenszeit ausgesprochen und galt als die schwerste nach der Todesstrafe. — **strangulare:** erdrosseln. —

Klauseluntersuchung zu 2,11,8:

Venerunt qui adesse erant iussi,	I
Vitellius Honoratus et Flavius Marcianus;	III
ex quibus Honoratus	III
trecentis milibus exsilium equitis Romani	Disp.
septemque amicorum eius ultimam poenam,	I
Marcianus unius equitis Romani	Disp.
septingentis milia plura supplicia	I[4]
arguebatur emisse;	I
erat enim fustibus caesus,	I
damnatus in metallum,	III
strangulatus in carcere.	II

Plinius setzt die Namen der beiden Vorgeladenen Flavius Marcianus und Vitellius Honoratus so, daß sie in zwei aufeinanderfolgenden Kola dieselbe Klausel bilden (Klausel III). Dadurch wird die enge Zusammengehörigkeit besonders deutlich. Die Wortverbindung *equitis Romani* nutzt Plinius zweimal als Kolonschluß (Disp.), wobei das Gewicht dieses Ausdrucks noch stärker herauskommt. Auf die Periode, die zunächst mit *arguebatur emisse* abgeschlossen zu sein scheint, folgen noch drei Kommata, deren erstes mit dem Schluß der vorhergehenden Periode durch gleichartige Klausel rhythmisch verbunden ist (Klausel I). Die beiden letzten Kommata sind syntaktisch parallel gebaut. —**9. inducere** = in senatum inducere. —**invidiosus:** verhaßt. —**crimen defendere:** sich gegen eine Anschuldigung verteidigen. —**crimen diluere:** eine

10 Dilata res est in proximum senatum, cuius ipse conspectus augustissimus fuit. Princeps praesidebat (erat enim consul), ad hoc Ianuarius mensis cum cetera tum praecipue senatorum frequentia celeberrimus; praeterea causae amplitudo auctaque dilatione exspectatio et fama, insitumque mortalibus studium magna et inusitata noscendi, omnes undique exciverat. **11** Imaginare, quae sollicitudo nobis, qui metus, quibus super tanta re in illo coetu praesente Caesare dicendum erat. Equidem in senatu non semel egi, quin immo nusquam audiri benignius soleo: tunc me tamen ut nova omnia novo metu permovebant. **12** Obversabatur praeter illa, quae supra dixi, causae difficultas: stabat modo consularis, modo septemvir epulonum, iam neutrum. **13** Erat ergo perquam onerosum accusare damnatum, quem ut premebat atrocitas criminis, ita quasi peractae damnationis miseratio tuebatur. **14** Utcumque tamen animum cogitationemque collegi, coepi dicere non minore audientium adsensu quam sollicitudine mea. Dixi horis paene quinque; nam duodecim clepshydris quas spatiosissimas acceperam, sunt additae quattuor. Adeo illa ipsa, quae dura et adversa dicturo videbantur, secunda dicenti fuerunt. **15** Caesar quidem tantum mihi studium, tantam etiam curam (nimium est enim dicere sollicitudinem) praestitit, ut libertum meum post me stantem saepius admoneret, voci laterique consulerem, cum me vehementius putaret intendi, quam gracilitas mea perpeti posset. Respondit mihi pro Marciano Claudius Marcellinus. **16** Missus deinde senatus et revocatus in posterum; neque enim iam incohari poterat actio, nisi ut noctis interventu scinderetur.

17 Postero die dixit pro Mario Salvius Liberalis, vir subtilis, dispositus, acer, disertus; in illa vero causa omnes artes suas protulit. Respondit Cornelius Tacitus eloquentissime et, quod eximium orationi eius inest, *σεμνῶς*. **18** Dixit pro Mario rursus Fronto

Anschuldigung widerlegen. – **10. senatus:** Senatssitzung. – **conspectus:** Anblick. – **augustus:** ehrwürdig, eindrucksvoll. – **prin-**

ceps: Die Hauptverhandlung des Jahres 100 fand unter Leitung des Kaisers Trajan statt. – **ad hoc:** außerdem. – **ceterā** (frequentiā) = ceterorum frequentiā. – **celeber:** gut besucht. Neben den zahlreichen Senatoren waren auch viele nichtsenatorische Bürger nach Rom gekommen. – **amplitudo:** Bedeutung, Wichtigkeit. – **dilatio:** Aufschub, Verzögerung. – **exspectatio:** Erwartung. – **inusitatus:** ungewöhnlich. – **insitus:** eingepflanzt, angeboren. – **mortales** = homines. – **excire:** herbeirufen, herbeilocken. – **11. imaginari** (imago): sich ein Bild machen, sich vorstellen. – **nobis** sc. fuerit. – **super** (=de): hinsichtlich. – **coetus, us:** Versammlung. – **agere:** als Redner auftreten. – **Imaginare, quae sollicitudo nobis . . . Equidem . . egi:** Wechsel des Numerus in der 1. Person (vgl. H.-Sz. 20). – **quin immo** (steigernd): ja sogar. – **12. obversari:** vor Augen schweben. – **stabat modo consularis:** Diese Stelle ist ein Hinweis auf die bereits erfolgte Verurteilung des Marius Priscus durch den Senatsausschuß der fünf Richter. – **modo:** eben noch. – **septemviri epulonum:** Ein Priesterkollegium, das für die Ausrichtung der Göttermahle zuständig war, die nach Festen und Spielen veranstaltet wurden. – **iam neutrum:** Durch den Schuldspruch der Senatskommission waren Marius Priscus Senatorenwürde und sämtliche Ehrenämter aberkannt worden. – **13. perquam** (steigernd): überaus. – **onerosus:** lästig, unangenehm. – **14. utcumque:** sobald nur. – **animum cogitationemque colligere:** seine Gedanken sammeln, sich sammeln. – **horis . . quinque:** vgl. 4, 13, 1. – **clepshydra:** Wasseruhr. Sie bestand aus einem Tongefäß, dessen Boden durchlöchert war, so daß Wasser je nach Einstellung in einer bestimmten Zeit in ein darunterstehendes Gefäß ablief. Durch die clepshydra bestimmte man die maximale Redezeit für Anklage und Verteidigung. – **spatiosus:** geräumig. – **15. voci laterique consulere:** Stimme und Lunge schonen. – **intendi:** sich anstrengen. – **gracilitas:** Schlankheit, schwache Konstitution. – **16. senatum mittere** = senatum dimittere. – **senatum revocare:** den Senat wieder zusammenrufen. – **actionem incohare:** die Verhandlung beginnen. – **noctis interventu:** in der Regel wurden Sitzungen vor Einbruch der Nacht beendet. – **scindere:** unterbrechen. – **17. Salvius Liberalis:** Verteidiger des Marius Priscus. Gehörte zu den bedeutendsten Mitgliedern des Senates. Unter Vespasian wurde er Konsul, Domitian schickte ihn in die Verbannung. – **subtilis:** scharfsinnig. – **dispositus:** wohl geordnet, gut gliedernd. – **acer:** energisch, entschlossen. – **eximium:** vortreffliche Eigenschaft. –

Catius insigniter, utque iam locus ille poscebat, plus in precibus temporis quam in defensione consumpsit. Huius actionem vespera inclusit, non tamen sic, ut abrumperet. Itaque in tertium diem probationes exierunt. Iam hoc ipsum pulchrum et antiquum, senatum nocte dirimi, triduo vocari, triduo contineri. **19** Cornutus Tertullus consul designatus, vir egregius et pro veritate firmissimus, censuit septingenta milia, quae acceperat Marius, aerario inferenda, Mario urbe Italiaque interdicendum, Marciano hoc amplius Africa. In fine sententiae adiecit, quod ego et Tacitus iniuncta advocatione diligenter et fortiter functi essemus, arbitrari senatum ita nos fecisse, ut dignum mandatis partibus fuerit. **20** Adsenserunt consules designati, omnes etiam consulares usque ad Pompeium Collegam: ille et septingenta milia aerario inferenda et Marcianum in quinquennium relegandum, Marium repetundarum poenae, quam iam passus esset, censuit relinquendum. **21** Erant in utraque sententia multi, fortasse etiam plures in hac vel solutiore vel molliore. Nam quidam ex illis quoque, qui Cornuto videbantur adsensi, hunc qui post ipsos censuerat, sequebantur. **22** Sed cum fieret discessio, qui sellis consulum adstiterant, in Cornuti sententiam ire coeperunt. Tum illi, qui se Collegae adnumerari patiebantur, in diversum transierunt; Collega cum paucis relictus.
Multum postea de impulsoribus suis, praecipue de Regulo questus est, qui se in sententia, quam ipse dictaverat, deseruisset. Est alioqui Regulo tam mobile ingenium, ut plurimum audeat, plurimum timeat.

23 Hic finis cognitionis amplissimae. Superest tamen *λιτούργιον* non leve, Hostilius Firminus, legatus Mari Prisci, qui permixtus causae graviter vehementerque vexatus est. Nam et rationibus Marciani et sermone, quem ille habuerat in ordine Lepcitanorum, operam suam Prisco ad turpissimum ministerium commodasse stipulatusque de Marciano quinquaginta milia denariorum probabatur, ipse praeterea accepisse sestertia decem milia foedissimo quidem titulo, nomine unguentarii, qui titulus a vita hominis compti semper et pumicati non abhorrebat. **24** Placuit censente Cornuto referri de eo proximo senatu; tunc enim, casu an conscientia, afuerat.

25 Habes res urbanas; invicem rusticas scribe. Quid arbusculae tuae, quid vineae, quid segetes agunt, quid oves delicatissimae? In summa, nisi aeque longam epistulam reddis, non est, quod postea nisi brevissimam exspectes. Vale.

σεμνῶς = graviter: erhaben, würdevoll. – **18. insigniter:** ausgezeichnet. – **locus:** Lage, Sachlage. – **includere:** einschließen, beenden. – **actionem abrumpere:** eine Rede abbrechen. – **probationes:** Beweisaufnahme. – **exire:** sich erstrecken. – **antiquus:** altrömisch. Plinius sieht Anzeichen dafür, daß der Senat unter Trajan wieder zu seiner früheren Größe zurückfinden könnte. – **triduo:** drei Tage hintereinander. – **19. Cornutus Tertullus:** Mit Plinius zusammen Konsul im Jahre 100. Verwalter des Staatsschatzes (praefectus aerarii Saturni). – **aerarium:** Staatskasse. – **interdicere** (alicui): jemanden **verbannen.** – **iniungere:** auftragen. – **advocatio:** Rechtsbeistand. – **20. in quinquennium relegare:** für 5 Jahre verbannen. – **relinquere:** bestehen lassen, sich begnügen mit. – **21. solutus:** milde. – **mollis:** nachgiebig. – **22. discessio:** Abstimmung. In zweifelhaften Fällen geschah die Abstimmung dadurch, daß man auf die Seite des Antragstellers trat. – **adsistere** (c. dat.): herantreten. – **in diversum transire:** auf die entgegengesetzte Seite treten, zur Gegenpartei übertreten. – **impulsor:** Veranlasser, Anstifter. – **Regulus:** berüchtigter Ankläger unter Nero und Domitian. – **dictare:** vorsagen. – **alioqui** (adv.): überhaupt. – **mobile ingenium:** unzuverlässiger Charakter. – **23.** λιτούργιον **non leve:** ein ziemliches Stück Arbeit. – **permiscēre** (c. dat): in etwas verwickeln. – **vexare:** hart mitnehmen, heftig angreifen. – **rationes:** Hauptbuch. – **ordo Lepcitanorum:** Gemeinderat von Lepcis. Lepcis spielte eine wichtige Rolle innerhalb der Provinz Africa. – **commodare:** gewähren, zukommen lassen. – **stipulari:** sich ausbedingen. – **probare:** nachweisen. – **titulus:** Titel (im Hauptbuch). – **unguentarium:** Salbengeld. – **comptus:** gepflegt, geputzt. – **pumicatus** (pumex): mit dem Bimsstein geglättet, geschniegelt. – **abhorrere a vita:** nicht zu der (einer) Lebensweise passen. – **24. conscientia:** schlechtes Gewissen, Schuldbewußtsein. – **invicem:** andererseits. – **25. arbuscula:** Deminut. zu arbor. – **vinea:** Weinberg. – **delicatus:** reizend. – **in summa:** kurz und gut. – **epistulam reddere:** mit einem Brief antworten. –

2, 12

C. PLINIUS ARRIANO SUO S.

1 Λιτούργιον illud, quod superesse Mari Prisci causae proxime scripseram, nescio an satis, circumcisum tamen et adrasum est. **2** Firminus inductus in senatum respondit crimini noto. Secutae sunt diversae sententiae consulum designatorum. Cornutus Tertullus censuit ordine movendum, Acutius Nerva in sortitione provinciae rationem eius non habendam.

Quae sententia tamquam mitior vicit, cum sit alioqui durior tristiorque. **3** Quid enim miserius quam exsectum et exemptum honoribus senatoriis, labore et molestia non carere? quid gravius quam tanta ignominia adfectum non in solitudine latere, sed in hac altissima specula conspiciendum se monstrandumque praebere? **4** Praeterea quid publice minus aut congruens aut decorum? notatum a senatu in senatu sedere, ipsisque illis, a quibus sit notatus, aequari; summotum a proconsulatu, quia se in legatione turpiter gesserat, de proconsulibus iudicare, damnatumque sordium vel damnare alios vel absolvere! **5** Sed hoc pluribus visum est. Numerantur enim sententiae, non ponderantur; nec aliud in publico consilio potest fieri, in quo nihil est tam inaequale quam aequalitas ipsa. Nam cum sit impar prudentia, par omnium ius est. **6** Implevi promissum priorisque epistulae fidem exsolvi, quam ex spatio temporis iam recepisse te colligo; nam et festinanti et diligenti tabellario dedi, nisi quid impedimenti in via passus est. **7** Tuae nunc partes, ut primum illam, deinde hanc remunereris litteris, quales istinc redire uberrimae possunt. Vale.

Brief 2,12 ist ein selbständiger Nachtrag zum Priscusprozeß. Er schildert die Verhandlung gegen den Legaten des Marius Priscus, Hostilius Firminus.

1. circumcisus: beschnitten. – **adrasus:** gestutzt. – **2. crimini respondere:** gegen eine Beschuldigung eine Entgegnung vorbringen. – **ordine movere:** aus dem Senatorenstand ausstoßen. – **sortitio:** Auslosung. – **rationem alicuius habere:** jemanden berücksichtigen. – **alioqui:** eigentlich. – **3. quid enim miserius quam:** übertreibende Aussage zur Erreichung einer besonderen Wirkung. – **exsecare** (t. t. der Medizin): abschneiden. – **eximere** (c. dat): ausschließen. – **specula:** hohe Warte, Anhöhe. – **4. publice:** in der Öffentlichkeit. – **congruens:** angemessen, passend. – **decorus:** ehrenhaft. – **notare** (nota): brandmarken, rügen. – **aequare:** gleichstellen. – **sordes, is:** schmutzige Habsucht. – **5. plures:** die Mehrheit. – **ponderare** (pondus): wägen, wiegen. – **aequalitas:** Gleichheit. – **6. promissum implere:** ein Versprechen erfüllen. – **fidem exsolvere:** ein Versprechen einlösen. – **colligere:** folgern, vermuten. – **epistulam recipere** = epistulam accipere. – **tabellarius:** Briefbote. – **7. tuae nunc partes:** es ist jetzt deine Aufgabe, es ist jetzt an dir. – **remunerari** (munus): belohnen, sich erkenntlich zeigen. – **uber, eris:** reich, reichhaltig, ausführlich.

2. Bitte der Provinzbewohner um Übernahme eines Prozesses (3,4)

C. PLINIUS CAECILIO MACRINO SUO S.

1 Quamvis et amici, quos praesentes habebam, et sermones hominum factum meum comprobasse videantur, magni tamen aestimo scire, quid sentias tu. **2** Nam, cuius integra re consilium exquirere optassem, huius etiam peracta iudicium nosse mire concupisco. Cum publicum opus mea pecunia incohaturus in Tuscos excucurrissem, accepto ut praefectus aerari commeatu, legati provinciae Baeticae, questuri de proconsulatu Caecili Classici, advocatum me a senatu petiverunt. **3** Collegae optimi meique amantissimi, de communis officii necessitatibus praelocuti, excusare me et eximere temptarunt. Factum est senatus consultum perquam honorificum, ut darer provincialibus patronus, si ab ipso me impetrassent. **4** Legati rursus inducti iterum me iam praesentem advocatum postulaverunt, implorantes fidem meam, quam essent contra Massam Baebium experti, adlegantes patrocini foedus. Secuta est senatus clarissima adsensio, quae solet decreta praecurrere. Tum ego 'Desino' inquam, 'patres conscripti, putare me iustas excusationis causas attulisse.' Placuit et modestia sermonis et ratio. **5** Compulit autem me ad hoc consilium non solum consensus senatus, quam-

Brief 3,4 enthält die Vorbereitung zu einem größeren Prozeß, den Plinius in epist. 3,9 ausführlich darstellt.
In 3,4 behandelt er die Frage, ob er die ihm von den Legaten der Provinz Baetica angetragene advocatio annehmen solle. Der Leser erfährt die Überlegungen und Beweggründe, die Plinius veranlassen, als Ankläger gegen Classicus aufzutreten. Da die Rolle des Anklägers seinem Wesen fremd war, übernahm er Anklagen nur in höherem Auftrag, d. h. auf ausdrücklichen Wunsch des Senates und auf Bitten der provinciales. Andererseits empfand er es als eine große Ehre, daß man ihm die Anklage gegen Caecilius Classicus übertrug. Der Hinweis der Provinzbewohner auf die fides, die treue Pflichterfüllung des Plinius, die sie schon bei früherer Gelegenheit, nämlich im Prozeß gegen Baebius Massa, erfahren haben, soll die moralische Verpflichtung des Plinius seinen Klienten gegenüber betonen.

1. sermo, onis: hier: Äußerung. – **magni aestimare:** hoch einschätzen. – **2. integra re:** als die Sache noch nicht entschieden war. – **peracta** sc. re. – **mire:** ganz besonders. – **excurrere:** einen Ausflug machen, reisen. – **opus:** hier: Bauwerk. – **incohare:** beginnen, den Grundstein legen. – **in Tuscos:** Plinius wollte in Tifernum Tiberinum in Etrurien auf eigene Kosten einen Tempel errichten. – **commeatus, us:** Urlaub. – **praefectus aerari:** Verwalter des Staatsschatzes. Er hatte die Aufsicht über den im Saturntempel aufbewahrten Staatsschatz und die Verwaltung der öffentlichen Gelder. – **Baetica:** Sehr reiche senatorische Provinz im Süden Spaniens mit der Hauptstadt Corduba. Aus dieser Provinz stammte u. a. der Kaiser Trajan. – **Caecilius Classicus:** Wurde i. J. 98 de repetundis angeklagt. Der Hauptprozeß fand im Jahre 100 statt. – **3. praeloqui:** einige Worte vorausschicken. – **necessitas:** Verpflichtung. Die Amtskollegen wiesen auf die Mühen eines praefectus aerarii hin, um Plinius die Übernahme einer advocatio zu ersparen. – **eximere:** herausnehmen, jmd. einer Aufgabe entziehen. – **perquam:** vgl. 2,11,13. – **honorificus:** ehrenvoll. – **patronus:** Plinius vermeidet die Bezeichnung accusator und versteht sich als patronus der unterdrückten und geschädigten Provinzbewohner. – **4. implorare:** anrufen. – **fides:** Gewissenhaftigkeit, treue Pflichterfüllung. – **Massa Baebius:** Inversion des Gentilnamens (vgl. H.-Sz. 410). Baebius Massa wurde als Statthalter der Provinz Baetica angeklagt und im Jahre 93 verurteilt. – **adlegare:** sich berufen auf, geltend machen. – **foedus patrocinii:** Patronatsverhältnis. – **ratio:** Klugheit. – **5. consensus:** Einstimquam hic maxime, verum et alii quidam minores, sed tamen numeri. Veniebat in mentem priores nostros etiam singulorum hospitum iniurias voluntariis accusationibus exsecutos, quo deformius arbitrabar publici hospitii iura neglegere. **6** Praeterea cum recordarer, quanta pro isdem Baeticis superiore advocatione etiam pericula subissem, conservandum veteris officii meritum novo videbatur. Est enim ita comparatum, ut antiquiora beneficia subvertas, nisi illa posterioribus cumules. Nam quamlibet saepe obligati, si quid unum neges, hoc solum meminerunt, quod negatum est. **7** Ducebar etiam, quod decesserat Classicus, amotumque erat, quod in eiusmodi causis solet esse tristissimum, periculum senatoris. Videbam ergo advocationi meae non minorem gratiam, quam si viveret ille, propositam, invidiam nullam. **8** In summa computabam, si munere hoc iam tertio fungerer, faciliorem mihi excusationem fore, si quis incidisset, quem non deberem accusare. Nam cum est omnium officiorum finis aliquis, tum optime libertati venia obsequio praeparatur. **9** Audisti consilii mei motus: superest alterutra ex parte iudicium tuum, in quo mihi aeque iucunda erit simplicitas dissentientis quam comprobantis auctoritas. Vale.

migkeit, Übereinstimmung. – **numerus:** Beweggrund. – **priores:** Vorfahren. – **exsequi:** gerichtlich verfolgen. – **deformis, e:** schimpflich. – **6. officium:** Verpflichtung. – **comparare:** einrichten, bestimmen. – **subvertere:** vernichten. – **cumulare:** vergrößern, krönen, – **obligare:** verpflichten. – **quamlibet** (in steigernd-konzessivem Sinn) beim Partizip: wenn auch noch so. – **7. duci:** sich leiten lassen. – **decedere:** Classicus verstarb plötzlich während des Prozesses. Die Provinz Baetica bestand aber auf einer Weiterführung des Prozesses. Nach der lex Acilia (aus dem Jahre 122) war die Anklage eines bereits Verstorbenen erlaubt. – **periculum:** Gefährdung. Der hier angegebene Grund für die Übernahme der Prozeßvertretung, durch den Tod des Classicus entfalle die Gefährdung eines Senators, ist ein demonstratives Beispiel für das Zusammengehörigkeitsbewußtsein der Senatoren. – **proponere:** in Aussicht stellen, verheißen. – **invidia:** Haß, Erbitterung. – **8. in summa** (häufig am Ende eines Briefes): vgl. 2,11,25. – **computare:** zusammenrechnen, ausrechnen. – **tertio:** zum dritten Mal. Gemeint ist eine dritte Anklage in einem Repetundenprozeß, der zweite Prozeß war der gegen Marius Priscus (Brief 2,11). – **obsequium:** Nachgiebigkeit, Gefälligkeit. – **venia libertati:** Entschuldigung (Erlaubnis), sich frei zu entscheiden. – **9. motus, us:** Beweggrund. – **alteruter:** einer von beiden. – **simplicitas:** Offenheit. – **dissentire:** verschiedener Meinung sein, ablehnen.

3. Der Niedergang der römischen Gerichtsbarkeit (2,14)

C. PLINIUS MAXIMO SUO S.

1 Verum opinaris: distringor centumviralibus causis, quae me exercent magis quam delectant. Sunt enim pleraeque parvae et exiles; raro incidit vel personarum claritate vel negotii magnitudine insignis. **2** Ad hoc pauci, cum quibus iuvet dicere; ceteri audaces atque etiam magna ex parte adulescentuli obscuri ad declamandum huc transierunt, tam inreverenter et temere, ut mihi Atilius noster expresse dixisse videatur, sic in foro pueros a centumviralibus causis auspicari, ut ab Homero in scholis. Nam hic quoque ut illic primum coepit esse, quod maximum est. **3** At hercule ante memoriam meam (ita maiores natu solent dicere), ne nobilissimis quidem adulescentibus locus erat nisi aliquo consulari producente: tanta veneratione pulcherrimum opus colebatur. **4** Nunc refractis pudoris et reverentiae claustris omnia patent omnibus, nec inducuntur, sed inrumpunt. Sequuntur auditores actoribus similes, conducti et redempti. Manceps convenitur; in media basilica tam palam sportulae quam in triclinio dantur; ex iudicio in iudicium pari mercede transitur. **5** Inde iam non inurbane Σοφοκλεῖς vocantur *ἀπὸ τοῦ σοφῶς καὶ καλεῖσθαι*, isdem

Brief 2,14 gibt wertvolle Aufschlüsse über die rednerische Tätigkeit der frühen römischen Kaiserzeit. Der Zerfall der Beredsamkeit wird besonders deutlich in den Zivilprozessen vor dem Zentumviralgericht. Bedeutungslos wie die Streitsachen sind auch gewöhnlich die Anwälte, die hier auftreten. Plinius charakterisiert sie als dreiste junge Männer, die noch keine Erfahrungen gesammelt haben und sich Leute mieten, die ihnen Beifall spenden. Auch das Niveau des Publikums rechtfertigt den Pessimismus des Plinius.

Parallel-/Kontrasttext: Sueton, Nero 53

1. distringere: stark in Anspruch nehmen. – **centumvirales causae:** Prozesse vor dem Zentumviralgericht. Das Zentumviralgericht bestand ursprünglich aus 105, unter Trajan aus 180 Richtern und war für Zivilstreitigkeiten (Familien-, Eigentums- und Erbstreitigkeiten) zuständig. Das Gericht war in vier Kammern geteilt, die gleichzeitig nebeneinander in der Basilica Iulia am Forum ihre Versammlungen abhielten. – **exercēre:** abhetzen, Arbeit machen. – **exilis, e:** dürftig, mager, unbedeutend. – **incidit** sc. causa. – **2. iuvat:** es macht Freude. – **ad hoc** = praeterea. vgl. 1, 10,6. – **obscurus:** dunkel, unbekannt. – **declamare:** aufsagen, sich im Reden üben. Die declamationes (Redeübungen) gehören nach Meinung des Plinius in die Schule, nicht vor das Zentumviralgericht. – **inreverenter:** unbescheiden, ohne Ehrfurcht. – **temere:** ohne Überlegung, unbesonnen. – **Atilius:** Freund des Plinius. –**expresse:** treffend. –**auspicari a:** beginnen mit.–**Homerus:** Homer und Vergil standen im Elementarunterricht an erster Stelle. – **maximum:** das Schwierigste. – **3. memoria:** Zeit. – **producere:** öffentlich vorführen, ins öffentliche Leben einführen. Sobald der junge Römer die toga virilis angelegt hatte, schloß er sich einem berühmten Mann an, der ihn in das politische Leben einführte. Während dieser politischen Lehrzeit (tirocinium fori) nahm er an Senatssitzungen, Rechtsberatungen und Prozessen teil, um sich auf das Leben vorzubereiten, das ihn erwartete. – **opus:** Tätigkeit. Gemeint ist die Gerichtsrede. – **4. claustrum** (claudere): Schloß, Riegel, Schranke. – **refringere:** aufbrechen, zerbrechen. – **actor:** Sachwalter, Prozeßführer, – **similis, e:** ähnlich, ebenbürtig. – **conducere:** mieten. – **redimere:** erkaufen. Es fanden sich immer Leute, die gegen Bezahlung auch dem schlechtesten Redner vor Gericht Beifall spendeten. – **manceps, ipis:** Unternehmer, Mieter. Er wirbt die Beifallklatscher an und bezahlt sie. – **convenire aliquem:** mit jemandem zusammenkommen, jmd. aufsuchen. – **basilica:** Rechteckiger, dreischiffiger Hallenbau, der als Markt- und Gerichtshalle diente. Das Zentumviralgericht tagte in der basilica Iulia im Südwesten des Forums. – **sportula:** Körbchen, Geschenk. Die reichen patroni verteilten anstelle einer regelrechten Mahlzeit Körbchen mit Speisen an ihre Klienten. Später traten an die Stelle der sportulae Geldgeschenke. – **triclinium:** Speisezimmer. – **iudicium:** Gerichtsverhandlung. – **5. non inurbane** (Litotes): nicht ohne Witz. – *Σοφοκλεῖς*: Bravorufer. So nennt Plinius mit

Latinum nomen impositum est Laudiceni; et tamen crescit in dies foeditas utraque lingua notata. **6** Here duo nomenclatores mei (habent sane aetatem eorum, qui nuper togas sumpserint) ternis denariis ad laudandum trahebantur. Tanti constat, ut sis disertissimus. Hoc pretio quamlibet numerosa subsellia implentur, hoc ingens corona colligitur, hoc infiniti clamores commoventur, cum mesochorus dedit signum. **7** Opus est enim signo apud non intellegentes, ne audientes quidem; nam plerique non audiunt, nec ulli magis laudant. **8** Si quando transibis per basilicam et voles scire, quo modo quisque dicat, nihil est, quod tribunal ascendas, nihil, quod praebeas aurem; facilis divinatio: scito eum pessime dicere, qui laudabitur maxime.

9 Primus hunc audiendi morem induxit Larcius Licinus, hactenus tamen, ut auditores corrogaret. Ita certe ex Quintiliano praeceptore meo audisse me memini. **10** Narrabat ille: 'Adsectabar Domitium Afrum. Cum apud centumviros diceret graviter et lente (hoc enim illi actionis genus erat), audit ex proximo immodicum insolitumque clamorem. Admiratus reticuit; ubi silentium factum est, repetit, quod abruperat. **11** Iterum clamor, iterum reticuit, et post silentium coepit. Idem tertio. Novissime, quis diceret, quaesiit. Responsum est: "Licinus." Tum intermissa causa "Centumviri," inquit, "hoc artificium periit." ' **12** Quod alioqui perire incipiebat, cum perisse Afro videretur, nunc vero prope funditus exstinctum et eversum est. Pudet referre, quae quam fracta pronuntiatione dicantur, quibus quam teneris clamoribus excipiantur. **13** Plausus tantum ac potius sola cymbala et tympana illis canticis desunt: ululatus quidem (neque enim alio vocabulo potest exprimi theatris quoque indecora laudatio) large supersunt. **14** Nos tamen adhuc et utilitas amicorum et ratio aetatis moratur ac retinet; veremur enim, ne forte non has indignationes reliquisse, sed laborem fugisse videamur. Sumus tamen solito rariores, quod initium est gradatim desinendi. Vale.

Anspielung auf den griechischen Tragödiendichter Sophokles Leute, die ihr (bravo) den Rednern zuriefen (σοφῶς). – **Laudiceni:** Schmarotzer. Menschen, die wegen einer Mahlzeit (cena) Lob spendeten (laudare). – **6. foeditas, atis:** Scheußlichkeit, Niederträchtigkeit. – **notare** (nota): tadeln. – **here** = heri. – **nomenclator:** Namennenner. Ein Sklave, der seinem Herrn unterwegs die Namen der ihm Begegnenden nennt, damit dieser sie mit Namen anreden konnte. So wußte man sich besonders vor Amtsbewerbungen die Sympathie mancher Bürger zu sichern. – **togas sumere:** die Toga anlegen. Die Anlegung der toga virilis geschah etwa im Alter von 16 Jahren. – **denarius:** Silbermünze. Entsprach 4 Sestertien (ca. 70 Pf.). – **disertus:** beredt. – **quamlibet:** vgl. 3,4,6. – **subsellium:** Bank, Sitz. – **corona:** hier: Menge. – **clamores:** Beifallsgeschrei. – **mesochorus** (μεσόχορος): Chorführer. In der griechischen Tragödie gab er das Zeichen für den Einsatz der Tänzer oder Sänger. Hier übertragen auf den Anführer der Beifallklatscher, der ihnen einen Wink gab, wenn sie applaudieren sollten. – **8. tribunal:** Gerichtsbühne. – **divinatio:** Weissagung, Ahnung. – **9. Larcius Licinus:** Jurist und Redner unter Claudius. – **hactenus:** nur soweit. – **corrogare:** zusammenbitten, zusammenladen. – **Quintilianus:** Berühmter Redner und Verfasser der Institutio oratoria. Lehrer des Plinius, wurde von Domitian zum Konsul ernannt. – **10. adsectari:** sich anschließen. – **Domitius Afer:** Lehrer Quintilians. War unter Caligula Konsul und trat in vielen Prozessen als Redner auf. – **lente:** langsam, gelassen. – **actio, onis:** Vortrag. – **ex proximo:** aus der Nähe. In der basilica Iulia tagten gleichzeitig mehrere Kammern des Zentumviralgerichtes. – **reticēre** = tacēre. – **repetere:** wieder anfangen (in der Rede), die Rede fortsetzen. – **11. novissime:** schließlich. – **quaesiit** = quaesivit. **causa:** Rede. – **hoc artificium periit:** mit unserer Kunst ist es vorbei. – **12. alioqui:** eigentlich. – **funditus:** von Grund auf, völlig. – **fracta pronuntiatio:** kraftloser Vortrag. – **tener:** zart, kindlich. – **13. plausus:** Klatschen. – **cymbalum:** Schallbecken. – **tympanum:** Handpauke. – **canticum:** Gesang. – **ululatus:** Geheul, wildes Geschrei. – **indecorus:** unziemlich. – **14. ratio aetatis:** Rücksicht auf das Alter. Plinius ist noch zu jung, um sich aus dem öffentlichen Leben zurückzuziehen. – **indignatio:** unwürdiger Zustand. – **gradatim:** Schritt für Schritt.

IV. Der Ausbruch des Vesuvs im Jahre 79 n. Chr.

1. Der Ausbruch des Vesuvs und der Tod des älteren Plinius (6,16)

C. PLINIUS TACITO SUO S.

1 Petis, ut tibi avunculi mei exitum scribam, quo verius tradere posteris possis. Gratias ago; nam video morti eius, si celebretur a te, immortalem gloriam esse propositam. 2 Quamvis enim pulcherrimarum clade terrarum, ut populi, ut urbes, memorabili casu, quasi semper victurus occiderit, quamvis ipse plurima opera et mansura condiderit, multum tamen perpetuitati eius scriptorum aeternitas addet. 3 Equidem beatos puto, quibus deorum munere datum est aut facere scribenda aut scribere legenda, beatissimos vero, quibus utrumque. Horum in numero avunculus meus et suis libris et tuis erit. Quo libentius suscipio, deposco etiam, quod iniungis.

4 Erat Miseni classemque imperio praesens regebat. Nonum kal. Septembres hora fere septima mater mea indicat ei adparere nubem inusitata et magnitudine et specie. 5 Usus ille sole, mox

Epistel 6,16 berichtet vom Lebensende des älteren Plinius, des berühmten Naturforschers und Schriftstellers, der beim Vesuvausbruch des Jahres 79, bei dem die kampanischen Städte Pompeji, Herkulaneum und Stabiae untergingen, auf tragische Weise ums Leben kam. Die anschauliche und stilistisch meisterhafte Darstellung des jüngeren Plinius vermittelt eine gute Vorstellung von dem Ablauf der Katastrophe. Die unerschrockene Haltung seines Onkels, der aus Verantwortungsbewußtsein für seine gefährdeten Mitbürger sein Leben aufs Spiel setzt, steht dabei im Mittelpunkt des Briefes.

Literatur: Pompeji. Leben und Kunst in den Vesuvstädten. Recklinghausen 1973 (Katalog der Pompejiausstellung in Essen).
Maiuri, A.: Pompeji, Herculaneum, Stabiae. München 1962
Lillge, F.: Die literarische Form der Briefe Plinius d. J. über den Ausbruch des Vesuvs, Sokrates 6, 1918, 209–234; 273–297

1. avunculus: Onkel. Der ältere Plinius (Hauptwerk: naturalis historia in 37 Büchern) war der Onkel (mütterlicherseits) und Adoptivvater des jüngeren Plinius. – **tradere:** Der Abschnitt der Historien, in dem Tacitus das Lebensende des älteren Plinius beschrieben hat, ist zusammen mit einem großen Teil des Werkes verloren gegangen. – **proponere:** in Aussicht stellen. – **2. clades, is:** Unglück, Vernichtung. Der Ausbruch des Vesuvs geschah am 24. August des Jahres 79. – **terra:** Landschaft. – **casus:** Untergang. – **quasi semper victurus:** als ob er ewig leben würde. – **victurus – occiderit:** Oxymoron. Verbindung sich widersprechender Begriffe. – **mansurus** (manēre): bleibend, unsterblich. vgl. Brief 3,5. – **condere:** gründen, schaffen, verfassen. – **perpetuitas:** Fortleben. – **aeternitas:** ewige Dauer, Unvergänglichkeit. – **3. scribenda:** was wert ist, aufgeschrieben zu werden. Beschreibenswerte Taten. – **quibus utrumque:** sc. datum est. – **deposcere:** mit Nachdruck verlangen, dringend bitten. – **iniungere:** auferlegen, auftragen. vgl. 2,11,19; 4,13,10. Tacitus hat Plinius offenbar aufgefordert, ihm als Stoff für sein Geschichtswerk einen Bericht über den Tod seines Onkels zu senden. – **4. Misenum:** Stadt und Hafen in der Nähe von Neapel. Dort war eine römische Kriegsflotte stationiert, über die der ältere Plinius den Oberbefehl hatte. Die anderen Kriegsflotten befanden sich in Ravenna, Forum Iulii (Frejus) und Byzantium. – **nonum** = a. d. IX Kal. Septembres (24. August). – **hora fere septima:** etwa zur siebten Stunde (= 13 Uhr). – **inusitatus:** ungewöhnlich. – **5. sole uti:** ein Sonnenbad frigida, gustaverat iacens studebatque; poscit soleas, ascendit locum, ex quo maxime miraculum illud conspici poterat. Nubes– incertum procul intuentibus ex quo monte (Vesuvium fuisse postea cognitum est) – oriebatur, cuius similitudinem et formam non alia magis arbor quam pinus expresserit. **6** Nam longissimo velut trunco elata in altum quibusdam ramis diffundebatur, credo, quia recenti spiritu evecta, dein senescente eo destituta aut etiam pondere suo victa in latitudinem vanescebat, candida interdum, interdum sordida et maculosa, prout terram cineremve sustulerat. **7** Magnum propiusque noscendum ut eruditissimo viro visum; iubet liburnicam aptari; mihi, si venire una vellem, facit copiam; respondi studere me malle, et forte ipse, quod scriberem, dederat. **8** Egrediebatur domo; accipit codicillos Rectinae Tasci imminenti periculo exterritae (nam villa eius subiacebat, nec ulla nisi navibus fuga): ut se tanto discrimini eriperet, orabat. **9** Vertit ille consilium et, quod studioso animo incohaverat, obit maximo. Deducit quadriremes, ascendit ipse non Rectinae modo, sed multis (erat enim frequens amoenitas orae) laturus auxilium. **10** Properat illuc, unde alii fugiunt, rectumque cursum, recta gubernacula in periculum tenet adeo solutus metu, ut omnes illius mali motus, omnes figuras, ut deprenderat oculis, dictaret enotaretque.

11 Iam navibus cinis incidebat, quo propius accederent, calidior et densior; iam pumices etiam nigrique et ambusti et fracti igne lapides; iam vadum subitum ruinaque montis litora obstantia. Cunctatus paulum, an retro flecteret, mox gubernatori, ut ita faceret, monenti 'Fortes' inquit 'fortuna iuvat: Pomponianum pete.' **12** Stabiis erat, diremptus sinu medio (nam sensim circumactis curvatisque litoribus mare infunditur); ibi, quamquam nondum periculo adpropinquante, conspicuo tamen et, cum cresceret, proximo,

nehmen. – **frigida** sc. aqua usus. – **gustare:** kosten, einen Imbiß nehmen. – **solea:** Sandale. – **incertum** sc. erat. – **ex quo monte** sc. oreretur. – **Vesuvius:** Dieser Vulkan war sehr lange nicht in Tätigkeit gewesen. – **pinus:** Pinie. Nadelbaum mit kugelförmiger Krone. – **exprimere:** ausdrücken, darstellen, veranschaulichen. – **expresserit:** coni. potentialis. – **6. truncus:** Stamm, Baumstamm. – **in altum effere:** in die Höhe heben. – **ramus:** Ast. – **diffundere:**

sich ausbreiten, teilen in. – **spiritus, us:** Hauch, Luftstrom. – **evehere:** emporheben. – **senescere** (senex): nachlassen. – **eo** sc. spiritu. – **destituere:** im Stich lassen. – **pondere suo:** durch das Eigengewicht. – **victa:** die Wolke verlor an Auftrieb. – **vanescere** (vanus): sich verflüchtigen. – **sordidus:** schmutzig. – **maculosus** (macula): fleckig. – **prout:** je nachdem. – **7. ut:** kausal. – **noscendus:** erforschenswert. – **visum** sc. ei est. – **liburnica** sc. navis: Schnellsegler. Benannt nach den Liburni, einem illyrischen Seeräubervolk. Die Römer bauten diese Schiffe, die mit nur zwei Ruderbänken ausgestattet waren, nach und setzten sie bei der Schlacht bei Actium erfolgreich ein. – **aptare:** bereit machen, segelfertig machen. – **copiam facere:** die Möglichkeit geben, freistellen. – **unā** sc. cum se. – **8. egrediebatur domo:** er wollte gerade das Haus verlassen. – **codicilli, orum:** Schreibtafel, Brief. – **Rectinae** sc. coniugis: Rectina ist die Frau eines nicht weiter bekannten Tascus. – **subiacēre** sc. Vesuvio: am Fuße des Vesuvs liegen. – **discrimen, inis:** Gefahr. – **9. incohare:** beginnen. – **studiosus animus:** Wissensdrang. – **maximus (animus):** Heldenmut. – **obire:** auf sich nehmen, verrichten. – **deducere:** hinabziehen (vom Strand ins Meer), in See stechen lassen. – **quadriremis:** Vierruderer. Geräumiges Schiff mit vier übereinanderliegenden Ruderbänken. Die Zahl der Ruderer betrug ca. 250. – **frequens:** zahlreich, dicht besiedelt. – **amoenitas:** anmutige Lage. – **10. rectum cursum, recta gubernacula tenēre:** direkten Kurs halten auf. – **mali motus:** Phasen des Unglücks. – **figura:** Erscheinungsform. – **deprehendere:** erkennen, wahrnehmen. – **dictare:** diktieren (seinem Schreiber). – **enotare:** aufschreiben lassen. – **11. quo . . .** (eo): je – desto. – **pumex, icis:** Bimsstein. – **ambustus:** ringsum verbrannt. – **fractus:** zertrümmert, geborsten. – **vadum subitum:** plötzlich entstandene Untiefe. Sie bildete sich durch das Zurücktreten des Meeres. – **ruina** (ruere): Einsturz. – **obstare:** entgegenstehen, unzugänglich sein. – **retro flectere:** umkehren. – **an** = num: ob. – **mox:** dann (vgl. K.-St.II, 69A). – **Pomponianus:** Freund des älteren Plinius. Er befand sich in Stabiae auf der anderen Seite des Golfs von Neapel gegenüber von Misenum. – **12. Stabiis:** Locativ. – **dirimere:** trennen. – **erat** sc. Pomponianus. – **sinus medius:** (= sinus Cumanus): die dazwischenliegende Bucht. – **sensim:** allmählich. – **circumactus, curvatus:** gekrümmt. – **mare infunditur litoribus:** das Meer ergießt sich ins Land, bildet eine Bucht. – **conspicuus:** sichtbar. – **periculo** gehört auch zu conspisarcinas contulerat in naves, certus fugae, si contrarius ventus resedisset. Quo tunc avunculus meus secundissimo invectus complectitur trepidantem consolatur, hortatur, utque timorem eius sua securitate leniret, deferri in balineum iubet; lotus accubat, cenat, aut hilaris aut (quod aeque magnum) similis hilari. **13** Interim e Vesuvio monte pluribus locis latissimae flammae altaque incendia relucebant, quorum fulgor et claritas tenebris noctis excitabatur. Ille agrestium trepidatione ignes relictos desertasque villas per solitudinem ardere in remedium formidinis dictitabat. Tum se quieti dedit et quievit verissimo quidem somno; nam meatus animae, qui illi propter amplitudinem corporis gravior et sonantior erat, ab iis, qui limini obversabantur, audiebatur. **14** Sed area, ex qua diaeta adibatur, ita iam cinere mixtisque pumicibus oppleta surrexerat, ut, si longior in cubiculo mora, exitus negaretur. Excitatus procedit seque Pomponiano ceterisque, qui pervigilaverant, reddit. **15** In commune consultant, intra tecta subsistant an in aperto vagentur. Nam crebris vastisque tremoribus tecta nutabant et quasi emota sedibus suis nunc huc nunc illuc abire aut referri videbantur. **16** Sub dio rursus quamquam levium exesorumque pumicum casus metuebatur, quod tamen periculorum collatio elegit; et apud illum quidem ratio rationem, apud alios timorem timor vicit. Cervicalia capitibus imposita linteis constringunt; id munimentum adversus incidentia fuit. **17** Iam dies alibi, illic nox omnibus noctibus nicuo und proximo. – **sarcinae, arum:** Gepäck. – **certus** (c. gen.): bereit zu, entschlossen zu. – **contrarius ventus:** Gegenwind. Er behinderte Pomponianus, beschleunigte natürlich die Fahrt des Plinius. – **residēre:** sich legen. – **(Quo) .. secundissimo** sc. vento. – **trepidare:** ängstlich hin- und herlaufen, in Unruhe sein. – **consolari:** trösten. – **securitas, atis:** Sorglosigkeit. – **lenire:** mildern. – **deferri:** sich tragen lassen. – **balineum:** Bad. – **lotus** = lautus. – **accubare:** zu Tisch liegen. Vgl.2,6,3. **aeque magnus:** ebenso groß. – **13. relucēre:** aufleuchten, emporflammen. – **fulgor et claritas:** leuchtende Helligkeit, heller Schein. – **excitare:** vergrößern, erhöhen. – **agrestes** = agricolae. – **trepidatio, onis** (trepidare): ängstliche Unruhe, Verwirrung. – **ignis:** hier: Herdfeuer. Um Pomponianus zu beruhigen, behauptet Plinius, die Bauern hätten bei ihrer eiligen Flucht die Herdfeuer nicht gelöscht. – **per solitudinem:** in ihrer Einsamkeit, in ihrer Verlassenheit. – **in remedium formidinis:** als Mittel gegen die Furcht, um die Furcht zu beschwichtigen (zum fin. Gebrauch der Präp. in vgl. K.-St. I,345 f. u. 566 f.; H.-Sz. 274f.) – **dictitare:** oft äußern. – **meatus animae:** Atemzüge. – **amplitudo corporis:** Umfang des Körpers, Körperfülle. – **sonantior:** ziemlich laut. – **limini obversari:** sich vor der Schwelle aufhalten. – **14. area:** freier Platz, Hof. Gemeint ist der Innenhof des Hauses, das Peristyl. – **diaeta** (griech.): Wohnung, Zimmer. – **opplēre:** anfüllen, bedecken. – **surgere, surrexi, surrectum:** sich erheben, angefüllt werden. – **cubiculum** (cubare): Schlafzimmer. **mora:** sc. fuisset: Aufenthalt. – **negare:** verneinen, unmöglich machen. – **excitare:** aufwecken. – **pervigilare:** die Nacht durchwachen, wach bleiben. – **se reddere:** sich zurückbegeben. – **15. in commune:** gemeinsam. – **subsistere:** stehen bleiben, bleiben. – **in aperto vagari:** im Freien umhergehen, sich im Freien aufhalten. – **vastus:** gewaltig, stark. – **tremor, oris:** Zittern, Erdbeben. – **nutare:** schwanken. – **quasi sedibus emotus:** gleichsam aus den Fundamenten gehoben. – **abire aut referri:** hin- und herschwanken. – **16. sub dio** (divo): unter freiem Himmel. – **quamquam:** (dient zur Einschränkung eines Adjektivs (Partizips)): zwar, nur. – **exesus** (edere): zerfressen, ausgehöhlt. – **quod:** das letztere (= der Aufenthalt im Freien). – **collatio** (conferre): Vergleich. – **eligere:** auswählen, sich entscheiden für. – **cervical, lis:** Kopfkissen. – **linteum:** Leinentuch. – **constringere:** festbinden. – **munimentum** (munire): Schutz. – **incidentia** sc. saxa: herabfallende Steine. – **17. alibi:** anderswo. – **fax, cis. f.:** Fackel. – **solari:** trögrior densiorque; quam tamen faces multae variaque lumina solabantur. Placuit egredi in litus et ex proximo adspicere, ecquid iam mare admitteret; quod adhuc vastum et adversum permanebat. **18** Ibi super abiectum linteum recubans semel atque iterum frigidam aquam poposcit hausitque. Deinde flammae flammarumque praenuntius odor sulpuris alios in fugam vertunt, excitant illum. **19** Innitens servolis duobus adsurrexit et statim concidit, ut ego colligo, crassiore caligine spiritu obstructo, clausoque stomacho, qui illi natura invalidus et angustus et frequenter aestuans erat. **20** Ubi dies redditus (is ab eo, quem novissime viderat, tertius), corpus inventum integrum, inlaesum opertumque, ut fuerat indutus: habitus corporis quiescenti quam defuncto similior. **21** Interim Miseni ego et mater—sed nihil ad historiam, nec tu aliud quam de exitu eius scire voluisti. Finem ergo faciam. **22** Unum adiciam, omnia me, quibus interfueram quaeque statim, cum maxime vera memorantur, audieram, persecutum. Tu potissima excerpes; aliud est enim epistulam, aliud historiam, aliud amico, aliud omnibus scribere. Vale.

sten, mildern, erträglich machen. – **varia lumina:** darunter fallen auch die brennenden Häuser. – **ecquid** = numquid. – **admittere:** erlauben, zulassen (sc. die Ausfahrt). – **adhuc:** bis hierher, noch immer. – **18. abiectus:** hingeworfen, hingebreitet. – **frigidam** sc. aquam. – **praenuntius:** Vorbote. – **odor sulpuris:** Schwefelgeruch. – **19. inniti:** sich stützen. – **colligere:** vermuten. – **crassus:** dick, dicht. – **caligo, inis:** Qualm. – **spiritus:** Atem. – **obstruere:** behindern. – **stomachus:** Magen, Luftröhre. – **aestuans:** keuchend. – **20. novissime:** zuletzt. – **inlaesus** = non laesus: Plinius hat eine Vorliebe für Adjektive (Partizipien) und Adverbien mit der Vorsilbe **in.** – **operire:** bedecken. – **induere:** bekleiden. – **defunctus** (= mortuus): dichterisch und nachklassisch. – **quiescere** = dormire. – **21. nihil ad historiam** sc. hoc pertinet: Sein eigenes Verhalten während des Vesuvausbruchs hält Plinius für zu unbedeutend, als daß es im Geschichtswerk des Tacitus erwähnt werden könnte. – **22. cum maxime vera memorantur:** zu einer Zeit, wo man noch am wahrheitsgetreuesten erzählt. – **persequi:** verfolgen, nachgehen, darstellen. – **potissima, orum. n.:** das, was am liebsten ist, das Wichtigste. – **excerpere:** auswählen.

2. Die persönlichen Erlebnisse des jüngeren Plinius beim Vesuvausbruch (6,20)

C. PLINIUS TACITO SUO S.

1 Ais te adductum litteris, quas exigenti tibi de morte avunculi mei scripsi, cupere cognoscere, quos ego Miseni relictus (id enim ingressus abruperam) non solum metus, verum etiam casus pertulerim. 'Quamquam animus meminisse horret, . . . incipiam.' **2** Profecto avunculo ipse reliquum tempus studiis (ideo enim remanseram) impendi; mox balineum, cena, somnus inquietus et brevis. **3** Praecesserat per multos dies tremor terrae, minus formidolosus, quia Campaniae solitus; illa vero nocte ita invaluit, ut non moveri omnia, sed verti crederentur. **4** Inrupit cubiculum meum mater; surgebam invicem, si quiesceret, excitaturus. Resedimus in area domus, quae mare a tectis modico spatio dividebat. **5** Dubito, constantiam vocare an imprudentiam debeam (agebam enim duodevicensimum annum): posco librum Titi Livi, et quasi per otium lego atque etiam, ut coeperam, excerpo. Ecce amicus avunculi, qui nuper ad eum ex Hispania venerat, ut me et matrem sedentes, me

Dieser Brief steht in thematisch naher Beziehung zu epist. 6,16. Während dort (6,16) der heldenhafte Tod des älteren Plinius im Mittelpunkt stand, stellt Plinius hier seine eigenen Erlebnisse während des Vesuvausbruches dar.
Auch von den einzelnen Phasen des Naturereignisses vermittelt Plinius infolge seiner ausführlichen und stilistisch kunstvollen Schilderung einen genauen Eindruck. Dabei zeigt er nicht nur die Wirkung bei den betroffenen Menschen, ihr Verhalten in verschiedenen Situationen, sondern versucht auch die Motive ihres Handelns zu erklären.

Sein eigenes Verhalten steht oft in starkem Gegensatz zu dem der Menge, von deren Panik er nicht ergriffen wird. Andererseits verschweigt er auch nicht eigene Schwächen, so daß seine Erzählung durchaus glaubhaft ist.
Die Rettung der Mutter durch Plinius ist wohl der eindrucksvollste Abschnitt des Briefes. Er erinnert in Gedankenaufbau und Wortwahl stark an *die* Szene aus Vergils Aeneis (2,638ff.), in der Aeneas seinen Vater Anchises aus dem brennenden Troja rettet. Plinius will beim Leser offenbar den Eindruck erwecken, daß sein Handeln dem des Aeneas während der Flucht aus Troja sehr ähnlich war.

Literatur: s. zu 6,16

1. litteris: Hinweis auf 6,16. – **exigere:** verlangen, fordern. – **id ingredi:** damit beginnen. – **quos:** zu **metus** und **casus** gehörig. – **abruperam:** Tempus des Briefstils (vgl. 6,16,21). – **quamquam animus . . .:** Das Zitat stammt aus Verg. Aen. 2,12f. Es leitet dort Aeneas' Erzählung vom Untergang Trojas ein. – **2. profecto:** von proficisci. – **tempus impendere** (c. dat.): Zeit verwenden auf. – **ideo enim remanseram:** vgl. 6,16,7. – **mox** = tum (vgl. zu 9,36,3). – **3. tremor terrae** (poet.): Erdbeben (vgl. 6,16,15). – **formidulosus:** furchtbar, beunruhigend. – **Campaniae** = Dat. Mit Campanien bezeichnete man in der Antike das Hinterland der Küstenstädte am Golf von Neapel. Diese fruchtbare Landschaft wurde wiederholt von Erdbeben heimgesucht. – **solitus** (solēre): gewöhnlich, üblich. – **invalescere:** stark werden, zunehmen. – **verti:** sich umwenden, einstürzen. – **4. inrupit – surgebam:** Tempuswechsel: Perf. – Imperf. de conatu. – **surgebam invicem:** ich meinerseits wollte eben aufstehen. – **excitaturus** (sc. matrem): um die Mutter zu wecken. – **quiescere** = dormire. – **residere:** sich niedersetzen. – **area:** vgl. 6,16,14.
quae zu area. – **tectum:** Dach, Haus. – **5. dubito** mit Doppelfrage. – **constantia:** Beharrlichkeit, Unerschrockenheit. – **imprudentia:** Unüberlegtheit, Unvorsichtigkeit. – **Titus Livius:** Geschichtsschreiber der augusteischen Zeit. Er beschreibt in seinem 142 Bücher umfassenden Werk libri ab urbe condita die Geschichte Roms von den Anfängen bis zum Jahre 9 n. Chr. – **ut coeperam:** vgl. 6, 16,7. – **excerpere:** herauspflücken, Auszüge machen (exzerpieren). – **ex Hispania:** Plinius der Ältere war im Jahre 67 n. Chr. procurator (Verwaltungsbeamter in der Steuerverwaltung) in Spanien

vero etiam legentem videt, illius patientiam, securitatem meam corripit. Nihilo segnius ego intentus in librum.

6 Iam hora diei prima, et adhuc dubius et quasi languidus dies. Iam quassatis circumiacentibus tectis, quamquam in aperto loco, angusto tamen, magnus et certus ruinae metus. **7** Tum demum excedere oppido visum; sequitur vulgus attonitum, quodque in pavore simile prudentiae, alienum consilium suo praefert, ingentique agmine abeuntes premit et impellit. **8** Egressi tecta consistimus. Multa ibi miranda, multas formidines patimur. Nam vehicula, quae produci iusseramus, quamquam in planissimo campo, in contrarias partes agebantur, ac ne lapidibus quidem fulta in eodem vestigio quiescebant. **9** Praeterea mare in se resorberi et tremore terrae quasi repelli videbamus. Certe processerat litus, multaque animalia maris siccis harenis detinebat. Ab altero latere nubes atra et horrenda, ignei spiritus tortis vibratisque discursibus rupta, in longas flammarum figuras dehiscebat; fulguribus illae et similes et maiores erant. **10** Tum vero idem ille ex Hispania amicus acrius et instantius 'Si frater' inquit 'tuus, tuus avunculus vivit, vult esse vos salvos, si periit, superstites voluit. Proinde quid cessatis evadere? ' Respondimus non commissuros nos, ut de salute illius incerti nostrae consuleremus. **11** Non moratus ultra proripit se effusoque cursu periculo aufertur. Nec multo post illa nubes descendere in terras, operire maria; cinxerat Capreas et absconderat, Miseni quod procurrit, abstulerat. **12** Tum mater orare, hortari, iubere, quoquo modo fugerem; posse enim iuvenem, se et annis et corpore gravem bene morituram, si mihi causa mortis non fuisset. Ego con-

gewesen. – **patientia:** Gleichgültigkeit. – **securitas:** Sorglosigkeit. – **corripere:** scharf tadeln. – **segnis, e:** träge, lässig. – **nihilo seg-**

nius: ebenso eifrig. – **intentus** (sc. fui): gespannt, beschäftigt. – **6. dubius** (poet.): unbestimmt, dämmrig. – **languidus** (sc. visum est nobis): träge, müde. Es wollte nicht so recht Tag werden. – **dies:** hier: Tageslicht. vgl. 9,36,2. – **quasi** mildert den gewagten Ausdruck. – **quassare** (Int. v. quatere): heftig erschüttern. – **certus:** berechtigt. – **ruina** (ruere): Einsturz. – **7. visum** sc. nobis est: Die drohende Einsturzgefahr der umliegenden Häuser läßt sie den Entschluß fassen, doch noch die Stadt zu verlassen. – **sequitur** sc. nos. – **attonitus** (tonare): vom Donner berührt, fassungslos, bestürzt. – **simile** sc. est. – **suo** (consilio). – **abeuntes** sc. nos. – **premere et impellere:** drängen und stoßen. – **8. egredi** hier mit Akk. – **patimur** bezieht sich auf miranda und formidines, paßt bedeutungsmäßig jedoch nur zu formidines (Zeugma). – **formido:** Schrecken. – **miranda** sc. im D. wir sahen. Der substantivierte Gebrauch des Gerundivums ist ein Charakteristikum des plinianischen Sprachgebrauchs. – **vehiculum:** Fahrzeug. – **producere** sc. ex urbe. – **agi:** hin- und herrollen. – **fulcire, fulsi, fultum:** stützen. Man legte Steine vor bzw. hinter die Räder. – **vestigium:** Spur, Stelle. – **9. resorbēre:** zurückschlucken, Pass. zurückfluten. – **processerat litus:** vgl. 6,16,11. Der Strand hatte sich durch das Zurückweichen des Meeres vergrößert. – **harena:** Sand. – **detinēre:** festhalten. – **ignei spiritus** (gen. qual.): von feurigem Schein. – **torquēre:** drehen, winden. – **vibrare:** zucken. – **discursus, us:** das Hin- und Herlaufen, die Zickzacklinie. – **tortis . . . discursibus rupta:** von gewundenen und zuckenden Zickzacklinien (Schlangenlinien) unterbrochen. – **dehiscere:** sich spalten. – **figura:** Gestalt, Gebilde. – **fulgur, uris:** Blitz. – **10. instantius** (adv.): eindringlicher. – **frater tuus- tuus avunculus** (Chiasmus): Er redet zuerst die Mutter, dann den Sohn an. – **superstes:** überlebend (sc. vos esse). – **cessare:** zögern. – **committere, ut:** es zulassen, daß, es dahin kommen lassen, daß. – **incerti nostrae** sc. saluti. – 11. se **proripere:** davonstürzen. – **ultra** (adv): länger. – **effusus:** hier: schnell. – **auferri:** sich entfernen. – **operire . . orare, hortari, iubere . . . descendere:** Inf. historicus. Bei Plinius relativ selten. Häufiger bei den Historikern, besonders bei Sallust. – **operire:** bedecken. – **Capreae:** Insel Capri vor dem Golf von Neapel. – **Miseni** (=gen. part.) **quod procurrit:** (wörtl.: das, was von Misenum vorragt) poet. Ausdrucksweise für promunturium: Vorgebirge von Misenum. – **auferre** sc. oculis: den Blicken entziehen. – **12. posse** sc. me fugere. – **gravis:** schwer, schwerfällig, – **contra** (adv.) sc.

tra salvum me nisi una non futurum; dein manum eius amplexus addere gradum cogo. Paret aegre incusatque se, quod me moretur. **13** Iam cinis, adhuc tamen rarus. Respicio: densa caligo tergis imminebat, quae nos torrentis modo infusa terrae sequebatur. 'Deflectamus' inquam 'dum videmus, ne in via strati comitantium turba in tenebris obteramur.' **14** Vix consideramus, et nox non qualis inlunis aut nubila, sed qualis in locis clausis lumine exstincto. Audires ululatus feminarum, infantum quiritatus, clamores virorum; alii parentes, alii liberos, alii coniuges vocibus requirebant, vocibus noscitabant; hi suum casum, illi suorum miserabantur; erant, qui metu mortis mortem precarentur; **15** multi ad deos manus tollere, plures nusquam iam deos ullos aeternamque illam et novissimam noctem mundo interpretabantur. Nec defuerunt, qui fictis mentitisque terroribus vera pericula augerent. Aderant, qui Miseni illud ruisse, illud ardere falso, sed credentibus nuntiabant. **16** Paulum reluxit, quod non dies nobis, sed adventantis ignis indicium videbatur. Et ignis quidem longius substitit; tenebrae rursus, cinis rursus, multus et gravis. Hunc identidem adsurgentes excutiebamus; operti alioqui atque etiam oblisi pondere essemus. **17** Possem gloriari non gemitum mihi, non vocem parum fortem in tantis periculis excidisse, nisi me cum omnibus, omnia mecum perire misero, magno tamen mortalitatis solacio credidissem.
18 Tandem illa caligo tenuata quasi in fumum nebulamve discessit; mox dies verus; sol etiam effulsit, luridus tamen, qualis esse, cum deficit, solet. Occursabant trepidantibus adhuc oculis mutata omnia altoque cinere tamquam nive obducta. **19** Regressi Misenum curatis utcumque corporibus suspensam dubiamque noctem spe ac metu exegimus. Metus praevalebat; nam et tremor terrae perseverabat, et plerique lymphati terrificis vaticinationibus et sua et aliena mala ludificabantur. **20** Nobis tamen ne tunc quidem, quamquam et expertis periculum et exspectantibus, abeundi consilium, donec de avunculo nuntius.
Haec nequaquam historia digna non scripturus leges et tibi scilicet qui requisisti, imputabis, si digna ne epistula quidem videbuntur. Vale.

dixi. – **una** sc. cum ea. – **addere gradum** sc. gradui: den Schritt beschleunigen. – **incusare:** beschuldigen, Vorwürfe machen. – **morari:** transitiv. – **13. adhuc:** bis jetzt, zunächst. – **torrens**

entis: Gießbach. – **modo:** nach Art, wie. – **infusus terrae** (dat.): über die Erde sich ergießend. – **deflectere** sc. de via: vom Wege abbiegen. – **sternere, stravi, stratum:** hinstrecken, zu Boden werfen, umstoßen. – **obterere:** zertreten. – **14. consideramus** = consederamus. – **et nox** sc. aderat. – **non qualis** sc. esse solet. – **inlunis** (luna): ohne Mondschein, mondlos. – **nubilus** (nubes): bewölkt, finster. – **audires:** man hätte hören können, man hörte. – **ululatus:** Geheul, Wehklagen. – **quiritatus, us:** (ursprünglich von dem gebraucht, der die Quirites um Hilfe anfleht) Gewimmer qu. steht chiastisch zum vorhergehenden und folgenden Kolon. – **requirere:** nachforschen. – **noscitare:** erkennen. – **requirebant – noscitabant:** Imperf. de conatu. – **precari aliquid:** etw. herbeiwünschen. – **15. aeternam et novissimam noctem:** Den Weltuntergang stellten sich die Römer als Chaos vor, in dem Menschen und Götter untergehen. In der Formulierung **novissima nox** (Vgl. die christliche Vorstellung vom jüngsten Tag) kommt die Hoffnungslosigkeit der Menschen zum Ausdruck. – **interpretari:** erklären, behaupten. – **mentitus** (mentiri): erlogen. – **terrores:** Schauergeschichten. – **illud. . illud:** dieses-jenes. – **16. relucescere:** wieder hell werden. – **dies:** Tageslicht (vgl. 9,36,2;6,20,6). – **indicium:** Anzeichen. – **adventare** (intens. v. advenire): herannahen. – **longius subsistere:** in größerer Entfernung stehen bleiben. – **identidem:** immer wieder. – **excutere:** abschütteln. – **alioqui:** andernfalls, sonst. – **oblidere, oblisi, oblisum** (laedere): erdrücken. – **17. gemitus, us:** Stöhnen, Seufzer. – **excidere** (cadere): entfallen, entschlüpfen. – **miserum, magnum** (Allit.) . . **solacium mortalitatis** (gen. obi.): ein kümmerlicher, aber doch auch großer Trost für die Menschen. – **18. tenuare** (tenuis): verdünnen, auflösen. – **fumus:** Rauch. – **discedere:** schwinden, sich verflüchtigen. **effulgere, effulsi:** hervorleuchten. – **luridus:** blaßgelb, fahl. – **cum** (sol) deficit: bei einer Sonnenfinsternis. – **occursare** (intens. zu occurrere): begegnen, erscheinen. – **obducere:** überziehen, bedecken. – **19. utcumque:** so gut es ging. – **noctem exigere:** die Nacht verbringen. – **suspensus:** ängstlich, unruhig. – **dubius:** ungewiß. – **praevalere:** überwiegen. – **lymphatus:** wahnsinnig, außer sich. – **ludificari aliquid:** mit etwas sein Spiel treiben, spotten über. – **vaticinatio** (vates): Prophezeiung. – **terrificus:** Schrecken erregend, schrecklich. – **20. consilium** sc. erat. – **nuntius** sc. veniret. – **quamquam** beim Partizip findet sich bei nachklassischen Schriftstellern häufig. – **nequaquam:** keineswegs. **requirere:** verlangen. – **scripturus:** final. – **imputare:** anrechnen, zuschreiben.

3. Das Leben und Werk des älteren Plinius (3,5)

C. PLINIUS BAEBIO MACRO SUO S.

1 Pergratum est mihi, quod tam diligenter libros avunculi mei lectitas, ut habere omnes velis quaerasque, qui sint omnes. **2** Fungar indicis partibus, atque etiam, quo sint ordine scripti, notum tibi faciam; est enim haec quoque studiosis non iniucunda cognitio. **3** 'De iaculatione equestri unus'; hunc cum praefectus alae militaret, pari ingenio curaque composuit. 'De vita Pomponi Secundi duo'; a quo singulariter amatus hoc memoriae amici quasi debitum munus exsolvit. **4** 'Bellorum Germaniae viginti'; quibus omnia quae cum Germanis gessimus bella collegit. Incohavit, cum in Germania militaret, somnio monitus: adstitit ei quiescenti Drusi Neronis effigies, qui Germaniae latissime victor ibi periit, commendabat memoriam suam orabatque, ut se ab iniuria oblivionis adsereret. **5** 'Studiosi tres', in sex volumina propter amplitudinem divisi, quibus oratorem ab incunabulis instituit et perficit. 'Dubii sermonis octo': scripsit sub Nerone novissimis annis, cum omne studiorum genus paulo liberius et erectius periculosum servitus fecisset. **6** 'A fine Aufidi Bassi triginta unus.' 'Naturae historiarum triginta

Dieser Brief ist ein wichtiges Zeugnis für unsere Kenntnis von der Biographie des älteren Plinius und seines literarischen Werkes. Anlaß des Briefes ist eine Anfrage des Historikers Baebius Macer. Plinius teilt ihm ein genaues Verzeichnis sämtlicher Werke in der Reihenfolge ihrer Abfassung mit und schildert in ausführlicher Weise die erfolgreiche Tätigkeit und die Lebensweise seines Onkels. Sein Beispiel hat auch den jüngeren Plinius in seiner Lebensweise mitbestimmt und könnte auch, wie es der Autor am Schluß des Briefes formuliert, Baebius Macer veranlassen, etwas Ähnliches zu schaffen.

1. lectitare (Intens. v. legere): aufmerksam lesen. – **2. partibus fungi:** eine Rolle übernehmen. – **index, icis:** Verzeichnis; hier die Person, welche die Büchertitel angibt, also: Bibliograph. – **ordo, inis:** Reihenfolge. – **studiosus:** Gelehrter, Anhänger der Wissenschaft. – **non iniucundus:** Litotes. – **3. de iaculatione equestri unus** (sc. liber): über das Speerwerfen bei der Reiterei. Ein Buch. Dieses Buch enthielt die Erfahrungen des älteren Plinius, die er als praefectus alae (Befehlshaber einer Reiterabteilung) in Germanien unter Pomponius Secundus gesammelt hat. – **de vita Pomponi Secundi duo** (libri): Pomponius Secundus war im Jahre 50–51 Feldherr in Obergermanien. 44 wurde er Konsul. In seiner Eigenschaft als Tragödiendichter wird er auch von Tacitus erwähnt (ann. 12,28). – **munus exsolvere:** ein Geschenk machen, eine Huldigung erweisen. – **4. bellorum Germaniae viginti** libri): Dieses Werk nennt Tacitus (ann. 1,69,5) als seine Geschichtsquelle. Es begann wahrscheinlich mit den Cimbernkriegen. – **adsistere** (c. dat.): herantreten, erscheinen. – **quiescere** = dormire. – **Nero Claudius Drusus:** der jüngere Stiefsohn des Augustus und Bruder des Tiberius. Er drang in erfolgreichen Feldzügen bis an die Weser vor, wo er im Jahre 9 v. Chr. an den Folgen eines Sturzes vom Pferd starb. – **latissime victor:** poet. Verwendung des Adverbs (vgl. Verg. Aen. 1,21: populum late regem; Hor. c. 3,17,9: late tyrannus). – **adserere** (iur. t.t.): befreien, in Schutz nehmen. – **5. studiosi** (Gen.) **tres** (libri): Drei Bücher für den Studierenden der Redekunst. Das Werk war ein Lehrbuch der Rhetorik und diente als Unterweisung für den angehenden Redner. – **volumen, inis** (volvere): Buchrolle, Band. – **incunabula, orum:** Wiege, Anfangsgrunde. – **perficere:** zur Vollendung bringen. – **dubii sermonis octo** (libri): Acht Bücher über den zweifelhaften Sprachgebrauch. Das Werk enthielt Untersuchungen zur lateinischen Sprachlehre. Unter Nero, in einer Zeit der Unfreiheit, war die Behandlung sprachlicher Probleme für einen Autor völlig ungefährlich. **sub Nerone** = sub imperio Neronis. – **erectus** (erigere): aufrecht, mutig. – **6. a fine Aufidi Bassi triginta unus:** Das Geschichtswerk des älteren Plinius setzt die Geschichte des Aufidius Bassus fort. Diese begann mit den Bürgerkriegen nach Cäsars Tod und endete mit dem Sturz Sejans im Jahre 31. n. Chr. – **Naturae historiarum triginta septem** (libri): Das einzige uns erhaltene Werk des älteren Plinius ist die „Naturalis historia", eine Enzyclopädie der Naturwissenschaften und der Kulturgeschichte. –

septem', opus diffusum, eruditum, nec minus varium quam ipsa natura.

7 Miraris, quod tot volumina multaque in his tam scrupulosa homo occupatus absolverit? Magis miraberis, si scieris illum aliquamdiu causas actitasse, decessisse anno sexto et quinquagensimo, medium tempus distentum impeditumque qua officiis maximis qua amicitia principum egisse. **8** Sed erat acre ingenium, incredibile studium, summa vigilantia. Lucubrare Vulcanalibus incipiebat, non auspicandi causa, sed studendi statim a nocte multa, hieme vero ab hora septima vel, cum tardissime octava, saepe sexta. Erat sane somni paratissimi, non numquam etiam inter ipsa studia instantis et deserentis. **9** Ante lucem ibat ad Vespasianum imperatorem (nam ille quoque noctibus utebatur), inde ad delegatum sibi officium. Reversus domum, quod reliquum temporis, studiis reddebat. **10** Post cibum, saepe (quem interdiu levem et facilem veterum more sumebat) aestate, si quid otii, iacebat in sole, liber legebatur, adnotabat excerpebatque. Nihil enim legit, quod non excerperet; dicere etiam solebat nullum esse librum tam malum, ut non aliqua parte prodesset. **11** Post solem plerumque frigida lavabatur, deinde gustabat dormiebatque minimum; mox quasi alio die studebat in cenae tempus. Super hanc liber legebatur, adnotabatur, et quidem cursim. **12** Memini quendam ex amicis, cum lector quaedam perperam pronuntiasset, revocasse et repeti coegisse; huic avunculum meum dixisse: 'Intellexeras nempe? ' Cum ille adnuisset, 'Cur ergo revocabas? decem amplius versus hac tua interpellatione perdidimus.' **13** Tanta erat parsimonia temporis. Surgebat aestate a cena luce, hieme intra primam noctis et tamquam aliqua lege cogente. **14** Haec inter medios labores urbisque fremitum. In secessu solum

diffusus: ausgedehnt, umfassend. – **7. scrupulosus** (scrupulus= Ängstlichkeit): gewissenhaft. – **volumina absolvere:** Bücher verfassen. – **causas actitare** (Intens. v. agere): Prozesse führen. – **distentus:** vielseitig beschäftigt. – **qua–qua:** teils-teils. – **officiis:** Hinweis auf seine hohen Ämter (maxima officia) in der Provinzverwaltung. Als procurator hatte er in verschiedenen Provinzen die Finanzverwaltung zu überwachen. – **amicitia principum:** Vespasian und Titus. – **8. lucubrare** (lux): bei Licht arbeiten, bei Nacht arbeiten. – **Vulcanalia:** Das Fest des Feuergottes Vulkan beging man am 23. August. Um das Wohlwollen der Götter zu erreichen, begannen viele Römer nach altem römischen Aberglauben an diesem Tage schon vor Tagesanbruch mit ihrer Arbeit. – **non auspicandi causa:** der guten Vorbedeutung wegen. – **a multa nocte:** noch mitten in der Nacht. – **hora:** Die Römer teilten den Tag in zwölf Stunden ein, deren Länge von der jeweiligen Jahreszeit abhing. So begann z.B. im Winter die erste Stunde um 7 Uhr. – **cum tardissime:** wenn auch noch so spät, spätestens. – **somni paratissimi** (Gen. qual.) **erat:** er konnte jederzeit schlafen. – **instantis** sc. somni. – **instare:** bedrängen, befallen. – **9. Vespasianus:** Der ältere Plinius war der Freund und Berater des Kaisers Vespasian (69–79). Der Beraterkreis traf schon vor Tagesanbruch mit ihm zusammen, um mit ihm zu konferieren (Sh.–Wh. 222). – **delegare:** übertragen. – **officium:** Welches Amt Plinius in Rom bekleidete, ist unsicher (Sh.–Wh. 223). – **tempus reddere:** die Zeit widmen. – **10. cibus:** das Essen (zur Mittagszeit). – **levis, e:** leicht bekömmlich. – **facilis, e:** leicht zu beschaffen, einfach. – **interdiu:** tagsüber. – **quid otii** sc. erat. – **legere:** vorlesen (vgl. 9,36,4). – **11. sol:** Sonnenbad. – **frigida** sc. aqua. – **gustare:** kosten, einen Imbiß nehmen. Zwischen prandium (zweites Frühstück gegen 12 Uhr mittags) und der Hauptmahlzeit (cena) gegen 5 Uhr nachmittags nahm Plinius noch eine Zwischenmahlzeit (gustatio) ein. – **mox** = tum (vgl. 9,36,3). – **quasi alio die:** als ob ein neuer Tag begonnen hätte. – **cena:** Hauptmahlzeit. – **super**= inter: während. – **cursim** (adv.): schnell, flüchtig. – **12. lector:** Vorleser. – **perperam** (adv.): falsch. – **pronuntiare:** aussprechen, vortragen. – **revocare:** zurückrufen, wiederholen lassen. – **nempe** (adv.): doch wohl? – **adnuere:** zustimmen, bejahen. – **versus, us:** Vers, Zeile. – **interpellatio:** Unterbrechung. – **13. luce;** noch bei Tageslicht. – **intra primam** (sc. horam) **noctis:** während der ersten Nachtstunde (=gegen 5 Uhr). – **14. secessus, us** (secedere): Landbalinei tempus studiis eximebatur (cum dico balinei, de interioribus loquor; nam dum destringitur tergiturque, audiebat aliquid aut dictabat). **15** In itinere quasi solutus ceteris curis, huic uni vacabat: ad latus notarius cum libro et pugillaribus, cuius manus hieme manicis muniebantur, ut ne caeli quidem asperitas ullum studii tempus eriperet; qua ex causa Romae quoque sella vehebatur. **16** Repeto me correptum ab eo, cur ambularem: 'poteras' inquit 'has horas non perdere'; nam perire omne tempus arbitrabatur, quod studiis non impenderetur. **17** Hac intentione tot ista volumina peregit electorumque commentarios centum sexaginta mihi reliquit, opisthographos quidem et minutissimis scriptos; qua ratione multiplicatur hic numerus. Referebat ipse potuisse se, cum procuraret in Hispania, vendere hos commentarios Larcio Licino quadringentis milibus nummum; et tunc aliquanto pauciores erant. **18** Nonne videtur tibi recordanti, quantum legerit, quantum scripserit, nec in officiis ullis nec in amicitia principis fuisse; rursus, cum audis, quid studiis laboris impenderit, nec scripsisse satis nec legisse? Quid est enim, quod non aut illae occupationes impedire aut haec instantia non possit efficere? **19** Itaque soleo ridere, cum me quidam studiosum vocant, qui, si comparer illi, sum desidiosissimus. Ego autem tantum, quem partim publica, partim amicorum officia distringunt? quis ex istis, qui tota vita litteris adsident, collatus illi non quasi somno et inertiae deditus erubescat?

20 Extendi epistulam, cum hoc solum, quod requirebas, scribere destinassem, quos libros reliquisset; confido tamen haec quoque tibi non minus grata quam ipsos libros futura, quae te non tantum ad legendos eos, verum etiam ad simile aliquid elaborandum possunt aemulationis stimulis excitare. Vale.

aufenthalt (vgl. zu 1,9,3). – **de interioribus** (sc. balinei) **loquor:** ich spreche von den inneren Räumen des Bades (gemeint sind die eigentlichen Baderäume, besonders die cella frigidaria und das caldarium, wo man sich wusch und schwamm). – **destringere:** abreiben. – **tergere:** abtrocknen. – **15. huic uni** (= das Diktieren). – **vacare** (c. dat.): frei sein für. – **notarius:** vgl. 9,36,2. – **pugillares:** vgl. 9,36,6. – **manica, ae:** langer Ärmel der Tunica, der bis über die Hand herabging, und unseren Handschuh ersetzte. – **caelum:** Witterung. – **sella:** Sänfte. – **16. repetere** (= memoria repetere): sich erinnern. Der absolute Gebrauch von repetere ist bei den Dichtern der augusteischen Zeit häufiger vertreten. – **corripere:** scharf tadeln, zur Rede stellen (vgl. 6,20,5). – **poteras:** Irrealis der Vergangenheit. – **ambulare** = Ggs. zu sella vehi. – **17. intentio** (intendere): Anspannung, Anstrengung. – **electa, orum** (eligere): Ausgewähltes, Auszüge, Exzerpte. – **commentarius:** Materialsammlung, Heft. Der c. enthielt Notizen, die für eine spätere Ausarbeitung gedacht waren. – **opistographus** (griech): auch auf der Rückseite beschrieben. In der Regel wurden die Buchrollen nur auf *einer* Seite beschrieben. – **minutissimis** sc. notis: mit sehr kleinen Buchstaben. – **procurare:** Prokurator sein. Während in den senatorischen Provinzen ein Quästor die Finanzverwaltung führte, hatte in den kaiserlichen Provinzen diese Aufgabe ein Prokurator. – **Larcius Licinus:** Jurist und Redner des 1. Jahrhunderts. Während seiner Statthalterschaft in Spanien war der ältere Plinius als Prokurator bei ihm tätig. – **nummum** (Gen. Plur.)=sestertium. – **18. instantia:** Fleiß, Emsigkeit. – **19. desidiosus** (desidere): faul. – **ego autem tantum** sc. desidiosissimus? – **distringere:** in Anspruch nehmen. – **litteris adsidere:** hinter den Büchern sitzen, sich den Wissenschaften widmen. – **conferre** (c. dat): vergleichen. – **erubescere:** erröten. – **20. extendere:** ausdehnen. – **destinare:** sich fest vornehmen. – **haec:** die Angaben über die Lebensweise des Onkels. – **stimulus:** Stachel, Ansporn. – **aemulatio:** Nachahmung, Nacheiferung.

V. Plinius als Statthalter in der Provinz Bithynien

1. Bericht über seine Reise und Ankunft in der Provinz (10,17 A; 10,17 B; 10,18)

10,17 A

C. PLINIUS TRAIANO IMPERATORI

1 Sicut saluberrimam navigationem, domine, usque Ephesum expertus, ita inde, postquam vehiculis iter facere coepi, gravissimis aestibus atque etiam febriculis vexatus Pergami substiti. **2** Rursus, cum transissem in orarias nauculas, contrariis ventis retentus aliquanto tardius quam speraveram, id est xv kal. Octobres, Bithyniam intravi. Non possum tamen de mora queri, cum mihi contigerit, quod erat auspicatissimum, natalem tuum in provincia celebrare. **3** Nunc rei publicae Prusensium impendia, reditus, debitores excutio; quod ex ipso tractatu magis ac magis necessarium intellego. Multae enim pecuniae variis ex causis a privatis detinentur; praeterea quaedam minime legitimis sumptibus erogantur. **4** Haec tibi, domine, in ipso ingressu meo scripsi.

Im Jahre 111 wurde Plinius vom Kaiser Trajan als außerordentlicher Statthalter (legatus pro praetore consulari potestate) in die senatorische Provinz Bithynien-Pontus geschickt. Bei den Abrechnungen der Gemeinden hatten sich Unregelmäßigkeiten eingestellt, öffentliche Gelder waren nicht in der entsprechenden Weise verwendet worden, und Bauunternehmer hatten bei der Errichtung öffentlicher Bauten zu hohe Rechnungen ausgestellt. Auf Grund seiner bisherigen Laufbahn schien Plinius dem Kaiser besonders befähigt, durch eine systematische Kontrolle wieder Ordnung in die Finanzen der einzelnen Städte zu bringen. Unter den 23 Städten der Provinz waren neben der Hauptstadt Nicomedia Nicäa und Prusa die bekanntesten.
Aus Ephesus, der Hauptstadt der Provinz Asia, meldet Plinius dem Kaiser seine glückliche Ankunft in Asien.

1. Ephesus: Nach alter Sitte gingen die römischen Statthalter, die in eine der asiatischen Provinzen fuhren, zuerst in Ephesus an Land. – **vehiculum:** Schon Augustus hatte eine kaiserliche Post eingerichtet, deren Eilwagen (vehicula) den Statthaltern zur Verfügung standen. – **febricula** (febris): Fieber. . – **Pergamum:** frühere Hauptstadt des pergamenischen Reiches, eine der bedeutendsten Städte Kleinasiens, berühmt auch wegen seiner Bibliothek. – **2. orariae nauculae:** Küstenschiffe. – **tardius** (adv): später (vgl. 9,36,1;3,5,8). – **auspicatus** (auspicium): von guter Vorbedeutung. – **natalis:** Geburtstag (am. 18. Sept.). Die Geburtstage der Kaiser wurden mit öffentlichen Opfern und Spielen gefeiert. – **in provincia:** schon in meiner Provinz. – **3. Prusenses, ium:** Einwohner der Stadt Prusa. Die Stadt lag am Fuße des bithynischen Olymp. – **impendia, iorum** (impendere): Kosten. – **reditus:** Einkünfte. – **debitor** (debere): Schuldner. – **excutere:** genau prüfen. – **tractatus, us:** Behandlung, Untersuchung. – **detinēre:** zurückhalten. – **erogare:** ausgeben. – **4. ingressus, us:** das Betreten (der Provinz).

10, 17 B

C. PLINIUS TRAIANO IMPERATORI

1 Quinto decimo kal. Octob., domine, provinciam intravi, quam in eo obsequio, in ea erga te fide, quam de genere humano mereris, inveni. **2** Dispice, domine, an necessarium putes mittere huc mensorem. Videntur enim non mediocres pecuniae posse revocari a curatoribus operum, si mensurae fideliter agantur. Ita certe prospicio ex ratione Prusensium, quam cum maxime tracto.

Dieser Brief stellt ein postscriptum zu 10,17 A dar. Plinius hat ihn einige Tage später seinem ersten Bericht aus Bithynien hinzugefügt.

10,18

TRAIANUS PLINIO

1 Cuperem sine querela corpusculi tui et tuorum pervenire in Bithyniam potuisses ac simile tibi iter ab Epheso ei navigationi fuisset, quam expertus usque illo eras. **2** Quo autem die pervenisses in Bithyniam, cognovi, Secunde carissime, litteris tuis. Provinciales, credo, prospectum sibi a me intellegent. Nam et tu dabis operam, ut manifestum sit illis electum te esse, qui ad eosdem mei loco mittereris. **3** Rationes autem in primis tibi rerum publicarum excutiendae sunt; nam et esse eas vexatas satis constat. Mensores vix etiam iis operibus, quae aut Romae aut in proximo fiunt, sufficientes habeo; sed in omni provincia inveniuntur, quibus credi possit, et ideo non deerunt tibi, modo velis diligenter excutere.

Brief 10,18 ist die Antwort Trajans auf die beiden vorhergehenden Briefe des Plinius. Der persönliche Ton, in dem das Schreiben des Kaisers abgefaßt ist (vgl. § 1 corpusculi; § 2 Secunde carissime), verdeutlicht das freundschaftliche Verhältnis, das Trajan mit seinem Statthalter Plinius verbindet.

2. dispicere: durchschauen, überlegen, prüfen. – **mensor, oris** (metiri): Baumeister. Er soll als Bausachverständiger die Kostenanschläge der Bauunternehmer genauer prüfen. Plinius will noch nachträglich Gelder zurückfordern. – **pecuniam revocare:** Geld zurückfordern. – **curator operum:** Bauunternehmer. – **mensuram agere:** etwas messen, nachmessen. – **ratio:** Rechnung. – **cum maxime:** eben erst. – **tractare:** in die Hand nehmen, untersuchen.

1. cuperem: Optativ. – **querela:** Beschwerde. – **corpusculum** (Demin. v. corpus): hier als Zeichen eines vertraulichen Umgangstones. – **tuorum:** die Begleitung des Plinius bestand aus seiner Frau, verschiedenen Unterbeamten und Sklaven. – **usque** (adv.) **illo** (adv.): bis dorthin. – **2. prospectum** sc. esse. – **manifestus:** handgreiflich, offenbar, deutlich. – **mei loco** = meo loco: Trajan weist hier ausdrücklich auf seine kaiserliche Macht hin. – **3. rationes:** Rechnungsbücher (in denen Einnahmen und Ausgaben der Gemeinden verzeichnet waren). – **vexatus:** in Unordnung geraten. – **opera, erum:** Bauten. Infolge der regen Bautätigkeit in Rom und Italien lehnt Trajan den (epist. 10,17 A) geäußerten Wunsch des Plinius ab, Bausachverständige nach Bithynien zu entsenden.

2. Anfrage beim Kaiser über die Anstellung Verurteilter im öffentlichen Dienst (10,31) und die Antwort des Kaisers (10, 32)

10,31

C. PLINIUS TRAIANO IMPERATORI

1 Salva magnitudine tua, domine, descendas oportet ad meas curas, cum ius mihi dederis referendi ad te, de quibus dubito. **2** In plerisque civitatibus, maxime Nicomediae et Nicaeae, quidam vel in opus damnati vel in ludum similiaque his genera poenarum publicorum servorum officio ministerioque funguntur, atque etiam ut publici servi annua accipiunt. Quod ego cum audissem, diu multumque haesitavi, quid facere deberem. **3** Nam et reddere poenae post longum tempus plerosque iam senes et, quantum adfirmatur, frugaliter modesteque viventes nimis severum arbitrabar, et in publicis officiis retinere damnatos non satis honestum putabam; eosdem rursus a re publica pasci otiosos inutile, non pasci etiam periculosum existimabam. **4** Necessario ergo rem totam, dum te consulerem, in suspenso reliqui. Quaeres fortasse, quem ad modum evenerit, ut poenis in quas damnati erant exsolverentur: et ego quaesii, sed nihil comperi, quod adfirmare tibi possim. Ut decreta, quibus damnati erant, proferebantur, ita nulla monumenta, quibus liberati probarentur. **5** Erant tamen, qui dicerent deprecantes iussu proconsulum legatorumve dimissos. Addebat fidem, quod credibile erat neminem hoc ausum sine auctore.

10,32

TRAIANUS PLINIO

1 Meminerimus idcirco te in istam provinciam missum, quoniam multa in ea emendanda adparuerint. Erit autem vel hoc maxime corrigendum, quod, qui damnati ad poenam erant, non modo ea sine auctore, ut scribis, liberati sunt, sed etiam in condicionem proborum ministrorum retrahuntur. **2** Qui igitur intra hos proximos decem annos damnati nec ullo idoneo auctore liberati sunt, hos oportebit poenae suae reddi; si qui vetustiores invenientur et senes ante annos decem damnati, distribuamus illos in ea ministeria, quae non longe a poena sint. Solent et ad balineum, ad purgationes cloacarum, item munitiones viarum et vicorum dari.

Brief 10,31 zeigt einen Statthalter, der die Entscheidung scheut, und daher – wie so oft – Kaiser Trajan um Rat fragt. Der Bericht des Plinius macht aber auch deutlich, daß die Mißstände in der Provinz nicht nur in der Finanzverwaltung der Gemeinden lagen: Die Städte hatten zu hohen Strafen Verurteilte im öffentlichen Dienst angestellt.

1. salva magnitudine: ohne deiner Hoheit zu nahe zu treten. – **descendere:** sich herablassen. – **referre ad aliquem:** eine Anfrage an jmd. stellen, sich an jmd. wenden. – **2. in opus** (sc. metalli) **damnare:** zur Zwangsarbeit (im Bergwerk) verurteilen (vgl. zu 2,11,8). – **ludus:** Gladiatorenkampf. Die zu dieser Strafe Verurteilten erhielten in besonderen Kasernen eine harte Ausbildung. Sie konnten nach 3 Jahren freigelassen werden. – **publici servi:** Die Lage der Gemeindesklaven war gewöhnlich besser als die der servi privati. Sie hatten bestimmte Vorrechte und Vergünstigungen. **annua, orum:** Jahresgehalt. – **3. haesitare** (Frequ. v. haerere): schwanken. – **aliquem reddere poenae:** jmd. seiner Strafe übergeben, eine Strafe büßen lassen. – **frugaliter:** ordentlich. – **pasci:** nähren, unterhalten. – **4. in suspenso relinquere:** unentschieden lassen. – **poenis exsolvi:** sich der Bestrafung entziehen. – **adfirmare:** mit Sicherheit berichten. – **ut – ita:** zwar – aber. – **monumentum:** Urkunde. – **5. deprecari:** um Gnade bitten. – **proconsules:** die Statthalter der senatorischen Provinz Bithynien, die Vorgänger des Plinius. – **fidem addere:** Glauben erwecken, überzeugen. – **ausum** sc. esse. – **sine auctore:** ohne dazu ermächtigt zu sein.

In seiner Antwort mahnt der Kaiser Plinius zunächst an seinen Auftrag, die Mißstände in der Provinz zu beseitigen. Im Unterschied zu Plinius (vgl. 10,31,5) ist Trajan der Überzeugung, die Begnadigungen seien ohne Wissen des Statthalters geschehen. Er fordert Plinius auf, die Verurteilten wieder ihrer Strafe zuzuführen.

1. meminerimus: Coni. adhortativus. – eā sc. poena. – **condicio:** Stellung. – **retrahere in:** versetzen in. – **2. vetustus:** alt. – **idoneus:** angemessen, gültig. – **longe esse a** = longe abesse a. – **balineum:** Bad. Die Verurteilten sollten also u. a. zur Arbeit in öffentlichen Bädern herangezogen werden. – **munitio viarum et vicorum:** Bau von Wegen und Straßen.

3. Antrag auf Errichtung einer Feuerwehr in Nicomedia (10,33; 10,34)

10,33

C. PLINIUS TRAIANO IMPERATORI

1 Cum diversam partem provinciae circumirem, Nicomediae vastissimum incendium multas privatorum domos et duo publica opera, quamquam via interiacente, Gerusian et Iseon absumpsit. **2** Est autem latius sparsum, primum violentia venti, deinde inertia hominum, quos satis constat otiosos et immobiles tanti mali spectatores perstitisse; et alioqui nullus usquam in publico sipo, nulla hama, nullum denique instrumentum ad incendia compescenda. Et haec quidem, ut iam praecepi, parabuntur; **3** tu, domine, dispice, an instituendum putes collegium fabrorum dumtaxat hominum CL. Ego attendam, ne quis nisi faber recipiatur neve iure concesso in aliud utantur; nec erit difficile custodire tam paucos.

10,34

TRAIANUS PLINIO

1 Tibi quidem secundum exempla complurium in mentem venit posse collegium fabrorum apud Nicomedenses constitui. Sed meminerimus provinciam istam et praecipue eas civitates eius modi factionibus esse vexatas. Quodcumque nomen ex quacumque causa dederimus iis, qui in idem contracti fuerint, hetaeriae eaeque brevi fient. **2** Satius itaque est comparari ea, quae ad coercendos ignes auxilio esse possint, admonerique dominos praediorum, ut et ipsi inhibeant ac, si res poposcerit, adcursu populi ad hoc uti.

Plinius bittet in epist. 10,33 den Kaiser um die Erlaubnis, in Nikomedia eine Feuerwehr einzurichten. Der Anlaß für seine Bitte ist eine Feuersbrunst, die während seiner Abwesenheit ausgebrochen war und viele Häuser zerstört hat. Plinius macht dem Kaiser den Vorschlag, nach dem Vorbild anderer Städte eine Handwerkergilde von ca. 150 Mann zu bilden, die auch wegen ihrer kleinen Zahl leicht zu kontrollieren sei.

1. diversus: entlegen. – **circumire:** umhergehen, bereisen. – **Nicomedia:** Hauptstadt der Provinz. – **opus, eris:** Gebäude. – **quamquam** beim Partizip findet sich bei Plinius häufiger. – **Gerusia** (griech.): Altersheim, in dem Bürger, die sich um die Gemeinde verdientgemacht hatten, gepflegt wurden. – **Iseon** (griech.): Isistempel. Isis war die höchste Göttin Ägyptens. Unter Caligula (37–41) wurde ihr ein staatlicher Tempel errichtet – **absumere:** zerstören. – **2. spargi:** sich verbreiten. – **violentia:** Heftigkeit. – **persistere:** stehen bleiben, verharren. – **alioqui:** außerdem. – **in publico:** in der ganzen Stadt. – **sipo, onis** (griech.): Feuerspritze. – **hama:** Löscheimer. – **compescere:** unterdrücken, eindämmen. – **3. an:** tritt als Einleitungspartikel eines indirekten Fragesatzes in der Kaiserzeit mehr und mehr an die Stelle von num (vgl. K.-St. II, 523f.). – **collegium fabrorum:** Handwerkergilde. – **dumtaxat** (indem man die Sache genau abschätzt), genau genommen, nicht mehr als. – **attendere:** die Aufmerksamkeit auf etwas richten. – **ius concessum:** religiöse Vereine oder Handwerkerinnungen erhielten das Recht, sich zu bestimmten Zwecken zu versammeln. Nicht selten entwickelten sich aus diesen Vereinen politische Klubs. Daher die Versicherung des Plinius, er werde darauf achten, daß sich kein Mißbrauch einstelle.

Trajan kann sich in seiner Antwort nicht zur Genehmigung einer Feuerwehr entschließen. Er befürchtet nämlich, unter dem Deckmantel von Vereinen könnten politische Klubs wiederaufleben, die revolutionäre Ziele verfolgten.

1. complurium sc. civitatum. – **meminerimus:** Konj. der Aufforderung. – **eas civitates:** Nikomedia und andere Städte der Provinz. – **factio:** Partei, Vereinigung. – **vexare:** heimsuchen, beunruhigen. – **in idem contrahere:** sich zum gleichen Zweck zusammenschließen. – **hetaeria** (griech.): politischer Verein. – **2. domini praediorum:** Hausbesitzer (in der Stadt). – **inhibēre** sc. incendia: zurückhalten, aufhalten. – **adcursus, us:** das Herbeilaufen. –

4. Glückwünsche zum Geburtstag Trajans (10,88) und die Antwort des Kaisers (10,89)

C. PLINIUS TRAIANO IMPERATORI

Opto, domine, et hunc natalem et plurimos alios quam felicissimos agas aeternaque laude florentem virtutis tuae gloriam . . . quam incolumis et fortis aliis super alia operibus augebis.

hic natalis: 18. Sept. 112. – **florentem . . . gloriam:** Hyperbaton. Die Sperrung ist hier zu erklären aus dem emphatischen Charakter des Satzes. – **aliis super alia operibus:** durch immer neue Taten. –

10,89

TRAIANUS PLINIO

Agnosco vota tua, mi Secunde carissime, quibus precaris, ut plurimos et felicissimos natales florente statu rei publicae nostrae agam.

agnoscere: anerkennen, bestätigen. – **precari:** wünschen. Anstelle der von Plinius epist. 10,88 verwendeten Formulierung florentem virtutis tuae gloriam zieht Trajan die weniger emphatische Ausdrucksweise florente statu rei publicae nostrae vor.

5. Die Behandlung der Christen (10,96; 10,97)

Die beiden folgenden Briefe (10,96; 10,97) gehören zu den religionsgeschichtlich bedeutsamsten Zeugnissen für die Auseinandersetzung von römischem Staat und christlicher Religion. Sie sind weiter ein Beispiel für den Konflikt zwischen der Massengesellschaft und einer Randgruppe und für den Konflikt zwischen dem staatlichen Anspruch und der Überzeugung des einzelnen.
Im zweiten Jahre seiner Amtstätigkeit in der Provinz Bithynien mußte sich Plinius mit Anzeigen gegen Christen auseinandersetzen. Sein Bericht an Trajan macht deutlich, daß er keine genaue Vorstellung von dem religiösen Gehalt der christlichen Lehre hatte. Eine gewissenhafte Befragung der angezeigten Christen ergibt, daß die ihnen vorgeworfenen flagitia jeder Grundlage entbehren. Auch Verstöße gegen das Hetärienverbot sind ihnen nicht nachzuweisen. Da die Christen weder kriminelle Verbrecher noch politische Revolutionäre sind, bleibt für Plinius die Frage: Worin liegt ihr Vergehen bzw. ihre Schuld? Wie müssen sie bestraft werden? Als Ergebnis seiner Untersuchung hebt Plinius schließlich ihren maßlosen Aberglauben (superstitio prava et immodica) hervor, der die Ordnung der Provinz stört, indem er negative Auswirkungen auf das religiöse und wirtschaftliche Leben mit sich bringt. Auch zum Kaiserkult stand der Glaube der Christen in einem deutlichen Widerspruch. Die Weigerung, den Götter- und Kaiserkult anzuerkennen, galt als Ungehorsam gegen den Staat. Man machte ihnen den Vorwurf gemeinschaftsfeindlicher Gesinnung und sah in ihnen schließlich Feinde des Imperiums.
Der römische Staat, der an sich in religiösen Fragen tolerant war, räumte den Christen die Möglichkeit ein, durch ein öffentliches Bekenntnis der Loyalität gegenüber dem römischen Reich in die Gemeinschaft des römischen Staates zurückzukehren. Diese Maßnahme, die auch von Plinius praktiziert wurde, ist unter dem Gesichtspunkt des Nutzens für den Staat zu sehen und kann nicht als Beweis für die humane Gesinnung des Plinius gelten. Bei der weiten Verbreitung des Christentums in Bithynien hätte eine systematische Verfolgung zu einer großen Unruhe unter der Bevölkerung geführt und dem Staat selbst großen Schaden gebracht.

C. PLINIUS TRAIANO IMPERATORI

1 Sollemne est mihi, domine, omnia de quibus dubito, ad te referre. Quis enim potest melius vel cunctationem meam regere vel ignorantiam instruere? Cognitionibus de Christianis interfui numquam: ideo nescio, quid et quatenus aut puniri soleat aut quaeri. **2** Nec mediocriter haesitavi, sitne aliquod discrimen aetatum, an quamlibet teneri nihil a robustioribus differant; detur paenitentiae venia, an ei, qui omnino Christianus fuit, desisse non prosit; nomen ipsum, si flagitiis careat, an flagitia cohaerentia nomini puniantur. Interim, ⟨in⟩ iis, qui ad me tamquam Christiani deferebantur, hunc sum secutus modum. **3** Interrogavi ipsos, an essent Christiani. Confitentes iterum ac tertio interrogavi supplicium minatus: perseverantes duci iussi. Neque enim dubitabam, qualecumque esset, quod faterentur, pertinaciam certe et inflexibilem obstinationem debere puniri. **4** Fuerunt alii similis amentiae, quos, quia cives Romani erant, adnotavi in urbem remittendos.

Parallel-/Kontrasttexte:

1) Acta Martyrum Scilitanorum (Aufzeichnungen über das Verhör der Märtyrer von Scili). Leicht zugänglich bei A. Wlosok: Textbeilage zu A. Wlosok: Rom und die Christen (mit Übers. und Interpr.). Oder: R. Knopf: Ausgewählte Märtyrerakten, 3. neubearbeitete Auflage von G. Krüger, Tübingen 1929 (Nachdruck 1965)

2) Tert. apol. 2,6–9 (Tertullian, Apologeticum, lat. und dt., hrsg., übers. und erläutert von C. Becker, München 1952)

3) Tac. ann. 15,44,2–5

Lit.: A. Wlosok, Rom und die Christen.
Zur Auseinandersetzung zwischen Christentum und römischem Staat. Stuttgart 1970
Freudenberger, R.: Das Verhalten der römischen Behörden gegen die Christen. Dargestellt am Brief des Plinius an Trajan und den Rescripten Trajans und Hadrians, München 1967
R. Klein: Das frühe Christentum im römischen Staat. Darmstadt 1971 (WBG)

1. sollemnis, e: alljährlich wiederkehrend, üblich. – **sollemne** (substantiviert): Gewohnheit. – **cognitio, onis** (t. t. des Gerichtswesens): gerichtliche Untersuchung. – **quatenus:** wie weit. Plinius hat es zum erstenmal in seiner Eigenschaft als Statthalter mit Prozessen gegen Christen zu tun. In seiner amtlichen Anfrage geht es ihm darum, vom Kaiser Richtlinien für das Verfahren gegen die Christen zu erhalten. – **quaerere:** (gerichtlich) untersuchen. – **2. nec mediocriter** (Litotes): nicht wenig. – **nec mediocriter haesitare:** sehr schwanken, in großer Verlegenheit sein. – Nach haesitavi stehen 3 Doppelfragen. – **aetas:** Alter, Altersstufe. – **discrimen aetatum:** Nach römischem Recht berücksichtigte man bei der Bestrafung das Alter. – **quamlibet:** vgl. 3,4,6. – **tener, era, erum:** zart, jung. – **quamlibet teneri:** wenn auch noch so junge Menschen, ganz junge Menschen. – **robustiores** Ggs. zu teneri. – **paenitentia** (paenitet): Reue. – **venia:** Verzeihung, Gnade. – **omnino:** überhaupt. – **desisse** sc. Christianum esse. – **nomen ipsum:** der bloße Name (Christ). – **flagitium:** Schandtat (Vgl. § 7). – **si**=etsi. – **cohaerere** (.dat.): zusammenhängen, in Verbindung stehen. Plinius möchte von Trajan wissen, ob die Zugehörigkeit zum Christentum allein für eine Verurteilung genügt oder ob bestimmte flagitia, die man den Christen vorwarf, zu bestrafen sind. – **tamquam:** zur Angabe eines subjektiven Grundes: als (vgl. H.-Sz. 597). – **modum sequi:** ein Verfahren anwenden. – **3. interrogare, an:** anstelle der Einleitungspartikel num. – **ducere** sc. ad supplicium: zur Hinrichtung abführen. – **perseverare:** bei etw. verharren, hartnäckig bleiben. – **dubitare** mit a.c.i. für dubitare quin. – **pertinacia** (tenax): Hartnäckigkeit. – **inflexibilis** (flectere) **obstinatio:** unbeugsame Verstocktheit. § 3 enthält das vorläufige Verfahren des Plinius. Als Begründung für die Verurteilung nennt er pertinacia et inflexibilis obstinatio, also letztlich Ungehorsam gegen die Obrigkeit. – **4. amentia:** Wahnsinn. – **cives Romani:** Nach der lex Porcia (vom Jahre 229 v.Chr.) durfte kein römischer Bürger geschlagen werden. Durch die lex Sempronia (de capite civium Romanorum) vom Jahre 123 v.Chr. war die Hinrichtung römischer Bürger ohne Berufung an das Volk (provocatio ad populum) verboten. Daher konnten die Christen, die das römische Bürgerrecht besaßen, nur in Rom bestraft werden. Vgl. die Berufung des Apostels Paulus auf das römische Bürgerrecht. Apostelgesch. 22, 25 f. – **adnotare:** vormerken, auf-

Mox ipso tractatu, ut fieri solet, diffundente se crimine plures species inciderunt. **5** Propositus est libellus sine auctore multorum nomina continens. Qui negabant esse se Christianos aut fuisse, cum praeeunte me deos adpellarent et imagini tuae, quam propter hoc iusseram cum simulacris numinum adferri, ture ac vino supplicarent, praeterea male dicerent Christo, quorum nihil cogi posse dicuntur, qui sunt re vera Christiani, dimittendos putavi. **6** Alii ab indice nominati esse se Christianos dixerunt et mox negaverunt; fuisse quidem sed desisse, quidam ante triennium, quidam ante plures annos, non nemo ante viginti. Hi quoque omnes et imaginem tuam deorumque simulacra venerati sunt et Christo male dixerunt. **7** Adfirmabant autem hanc fuisse summam vel culpae suae vel erroris, quod essent soliti stato die ante lucem convenire, carmenque Christo quasi deo dicere secum invicem seque sacramento non in scelus aliquod obstringere, sed ne furta, ne latrocinia, ne adulteria committerent, ne fidem fallerent, ne depositum adpellati abnegarent. Quibus peractis morem sibi discedendi fuisse rursusque coeundi ad capiendum cibum, promiscuum tamen et innoxium; quod ipsum facere desisse post edictum meum, quo secundum mandata tua hetaerias esse vetueram. **8** Quo magis necessarium credidi ex duabus ancillis, quae ministrae dicebantur, quid esset veri, et per tormenta quaerere. Nihil aliud inveni quam superstitionem pravam et immodicam.

9 Ideo dilata cognitione ad consulendum te decucurri. Visa est enim mihi res digna consultatione, maxime propter periclitantium

schreiben (lassen). – **mox**=deinde (9, 36, 3). – **tractatus, us:** Behandlung, Verhandlung. – **se diffundere:** sich verbreiten, sich ausdehnen. – **crimen, inis:** hier (nur): Anschuldigung. – **species:** Fälle. – **incidere:** eintreten, vorkommen, zur Verhandlung kommen. – **5. proponere:** vorlegen. – **libellus sine auctore:** eine anonyme Liste. – **praeire** (sc. verbis): die Gebetsformel vorsprechen. – **adpellare deos:** die Götter anflehen. – **simulacrum:** Bild. Die göttliche Verehrung des Kaisers kam aus dem Orient. – **numen,**

inis: Gottheit. – **tus, turis.n.:** Weihrauch. – **supplicare** (c.dat.): beten zu. – **quorum nihil ... re vera Christiani:** alles Dinge, zu denen, wie man sagt, sich wirkliche Christen nicht zwingen lassen. Die Anrufung der Götter und das Opfer vor dem Bild des Kaisers galten als Beweis für die Loyalität Kaiser und Staat gegenüber. – **6. index** (indicere): Angeber, Denunziant. – **non nemo:** einige. – **fuisse quidem** sc. Christianos. – **triennium:** Zeitraum von 3 Jahren. – **7. summa:** Gesamtheit, das Ganze. – **status:** festgesetzt, bestimmt. – **stato die:** gemeint ist der Sonntag. – **ante lucem:** aus Furcht vor Verfolgungen. – **quasi deo:** Plinius gebraucht die Einschränkung, weil er die Göttlichkeit Christi anzweifelt. – **secum invicem:** miteinander abwechselnd. Wechselgesänge zwischen Priestern und Gläubigen (Responsorien) gehörten schon früh zum Gottesdienst. – **sacramentum:** Eid, Taufeid. Man dachte allgemein an einen Eid politischer Verschwörer. – **se obstringere:** sich verpflichten. – **furtum:** Diebstahl. – **latrocinium:** Raub. – **adulterium** (alter): Ehebruch. – **fidem fallere:** die Treue brechen. – **depositum:** anvertrautes Gut. – **abnegare:** ableugnen, verweigern (bei der Rückforderung). – **adpellare:** mahnen, auffordern (zur Rückgabe). – **quibus peractis:** hierauf. – **cibus:** das christliche Liebesmahl (*ἀγάπη*), das die Christen nach dem Gottesdienst gemeinsam einnahmen, wobei jeder nach seinem Vermögen zu den Kosten beitrug. – **promiscuus:** gewöhnlich. – **innoxius:** harmlos. Die Christen wollten mit ihrer Versicherung, daß es sich um gewöhnliche Mahlzeiten handele, verschiedenen Gerüchten (u.a. von Ritualmorden) entgegentreten. – **quod ipsum:** gerade dies. – **hetaeria** (griech): Verein. Plinius hatte im Auftrag des Kaisers durch ein Edikt des Kaisers sämtliche Vereine verboten, um so politische Klubs, die sich gebildet hatten, zu beseitigen (vgl. epist. 33; 34). – **8. ministra** (entspricht dem griech. Wort *διακόνισσα*): Dienerin, Diakonisse. Eine Aussage von Sklaven hatte nach römischem Recht nur Gewicht, wenn sie unter Foltern (per tormenta) verhört wurden. – **superstitio:** Aberglaube. – **pravus:** verkehrt, schlimm. Plinius teilt das Resultat seiner Untersuchungen mit: Also weder politisch gefährliche Bestrebungen noch kriminelle Handlungen (flagitia). – **9. decurrere ad:** sich wenden an. – **decucurri:** Tempus des Briefstils. – **consultatio** (consulere): Befragung. – **periclitari** (t.t. des Gerichtswesens): in Gefahr sein, angeklagt werden. – **periculum:** Anklage, Prozeß (vgl. Landgraf Komment. zu Cic.S.Rosc.Am. 85).

numerum. Multi enim omnis aetatis, omnis ordinis, utriusque sexus etiam, vocantur in periculum et vocabuntur. Neque civitates tantum, sed vicos etiam atque agros superstitionis istius contagio pervagata est; quae videtur sisti et corrigi posse. **10** Certe satis constat prope iam desolata templa coepisse celebrari, et sacra sollemnia diu intermissa repeti passimque venire carnem victimarum, cuius adhuc rarissimus emptor inveniebatur. Ex quo facile est opinari, quae turba hominum emendari possit, si sit paenitentiae locus.

10,97

TRAIANUS PLINIO

1 Actum, quem debuisti, mi Secunde, in excutiendis causis eorum, qui Christiani ad te delati fuerant, secutus es. Neque enim in universum aliquid, quod quasi certam formam habeat, constitui potest. **2** Conquirendi non sunt; si deferantur et arguantur, puniendi sunt, ita tamen, ut, qui negaverit se Christianum esse idque re ipsa manifestum fecerit, id est supplicando dis nostris, quamvis suspectus in praeteritum, veniam ex paenitentia impetret. Sine auctore vero propositi libelli in nullo crimine locum habere debent. Nam et pessimi exempli nec nostri saeculi est.

In seinem Antwortbrief billigt Trajan die Verfahrensweise des Plinius. Die Anweisungen, die der Kaiser darüber hinaus im einzelnen gibt, schließen eine systematische Verfolgung und Denunziation der Christen aus. Sie beziehen sich aber nur auf die Verhältnisse in Bithynien und gelten nicht als prinzipielle Richtschnur.
Für Trajan waren die Prozesse gegen Christen ebenso wie für Plinius eine politische Angelegenheit. Seine Richtlinien zielen darauf ab, möglichst viele Christen wieder in die Gemeinschaft des römischen Staates einzugliedern.

sexus, us: Geschlecht. – **civitas – vicus:** Stadt – Dorf. – **agri:** das flache Land. – **contagio** (tangere): Ansteckung, Seuche. – **pervagari:** sich verbreiten über, befallen. – **sistere:** zum Stehen bringen. – **10. desolatus** (solus): einsam, verödet. – **celebrare:** feiern, besuchen. – **sollemne, nis:** Opfer, Fest. – **repetere:** wieder aufnehmen. – **passim venire:** überall verkauft werden. – **victimarum caro:** das Fleisch der Opfertiere. Da die Christen das Fleisch von Tieren, die den heidnischen Göttern geopfert worden waren, nicht kaufen wollten, sahen die Opferpriester, Viehhändler und Großgrundbesitzer ihre Interessen bedroht (vgl. auch Apostelgesch. 19, 24 ff.). – **emptor** (emere): Käufer. – **paenitentiae locus:** Gelegenheit zur Reue.

1. actum sequi: ein Verfahren einschlagen. – **excutere causam:** einen Fall genau untersuchen. – **in universum:** im allgemeinen. – **certa forma:** feste Norm. – **arguere:** beschuldigen, überführen. – **2. conquirere:** aufspüren. – **suspectus in praeteritum:** verdächtig für die Vergangenheit. – **crimen:** Anschuldigung. – **locum habere:** Beachtung finden. – **nec nostri saeculi est:** es entspricht nicht unserem Zeitgeist.

Bitte beachten Sie die folgende Karte

Britannia
GERMANI
Germania
Infer.
Belgica
Durocortorum
Augusta
Treverorum
Sup.
Lugdunensis
GALLIA
Augusta
Vindelicorum
Raetia
Noric
Aquitania
Burdigala
Lugdunum
Gallia
Comum
Mediolanum
cisalpina
Narbonensis
Narbo
Tarraconensis
HISPANIA
Lusitania
Emerita
Augusta
Terraco
Corduba
Baetica
Baleares
Corsica
Sardinia
ITALI
Roma
Ostia
Tusculum
Misenum
Neapolis
MARE
Sicilia
Caesarea
Mauretania
Numidia
Carthago
Africa
proconsularis
Lepcis Magna
Ausdehnung unter Trajan
0
500 km

Dacia
Moesia
Thracia
Adrianopel
Philippi
Macedonia
Corinthus
Athenae
Achaia
PONTUS EUXINUS
Byzantium (Constantinopolis)
Bithynia et Pontus
Nicomedia
Nicäa
Prusa
Ancyra
Galatia
Cappadocia
Armenia
Pergamon
Asia
Ephesus
Pamphylia
Lycia
Cilicia
Tarsus
Mesopotamia
Antiochia
Syria
Cyprus
Creta
Damascus
Judaea
Arabia
Alexandria
Aegyptus
Cyrene
Cyrenaica
ICUM
ia
TERNUM